SUPERBESTSELLER

846

Collana «Superbestseller»

Romanzi

784. C. Lim, *La ragazza della casa di Wu*
785. K.C. McKinnon, *Canto d'amore all'Harvest Moon*
786. D. Steel, *Cinque giorni a Parigi*
787. R. Cook, *Cromosoma 6*
788. M. Binchy, *Il lago di cristallo*
789. J. Madrid, *Conti in sospeso*
790. I. Johansen, *L'ombra negli occhi*
791. G. Pansa, *La bambina dalle mani sporche*
792. J. Dailey, *Il vento dell'Ovest*
793. S. Sheldon, *Una donna non dimentica*
794. P. Pascolini e S. Casini, *La prima volta di mia figlia*
795. B. Taylor Bradford, *Un segreto è per sempre*
796. S. Casati Modignani, *Lezione di tango*
797. M.G. Jaffe, *Il mio piccolo campione*
798. J. Green, *Non tutti gli uomini preferiscono le altre*
799 J. Parker Rhodes, *Schiava del dio serpente*
802. L. Spencer, *Un'estate per cambiare*
803. N.A. Collins, E.A. Kramer, M.H. Greenberg (a cura di), *Dark Love*
804. P. Margolin, *La testimone*
805. T. Hoag, *Il buio del cuore*
806. S. Khashoggi, *Il miraggio dell'amore*
807. S. Beauman, *La colomba dalle ali spezzate*
808. D. Koontz, *La notte del killer*
809. L. Sanders, *L'ultimo rischio*
811. O. Goldsmith, *Donne sull'orlo del successo*
812. S. Lord, *Una sorella per nemica*
814. R. Bachman (S. King), *I vendicatori*
813. S. King, *Desperation*
815. S. King, *Riding the Bullet - Passaggio per il nulla*
816. M. Binchy, *Il nuovo domani*
817. S. Isaacs, *La favola è finita - Lily White*
818. M. West, *Eminenza*
819. D. Steel, *Perfidia*
820. L.J. Rowland, *Shinjū*
821. E. Segal, *Un solo grande amore*
823. S. Brown, *Il giorno del peccato*
824. S. King, *Mucchio d'ossa*
825. D. Steel, *Silenzio e onore*
826. S. Pottinger, *Taglio netto*
827. N. Thayer, *Più forte del cuore*
828. M. Higgins Clark, *Sarai solo mia*
829. J. Higgins, *Il volo delle aquile*
830. A.V. Roberts, *Il segreto di Liam*
831. M. Baudino, *Un antico passato - Il sorriso della druida*
832. D. Koontz, *L'uomo che amava le tenebre*
833. W. Diehl, *Lo spettacolo del male*
834. J. Mitchard, *Profondo come il mare*
835. R. Cook, *Sindrome fatale*
836. G. Magrini, *Sottile incantesimo - Magique*
837. P. Margolin, *Sospetti*
838. P.A. Whitney, *Una donna senza passato*
841. S. Sheldon, *Dietro lo specchio*
842. D. Steel, *Il ranch*
843. G. Pansa, *Ti condurrò fuori dalla notte*
844. S. Coonts, *Tornano gli incursori*
845. J. Michael, *Un gesto d'amore*
846. R.J. Waller, *Valzer lento a Cedar Bend*
847. J.R. Garber, *Vertigine fatale*
848. L. Spencer, *Le promesse del cielo*
849. B. Plain, *La giostra d'argento*
850. SARK, *Dolcissime donne selvagge*
851. D. Koontz, *In fondo alla notte*
852. J. Archer, *Quarto potere*
853. M. Halter, *Intrigo a Gerusalemme*
854. R.J. Waller, *I ponti di Madison County*
855. B. Taylor Bradford, *Un sogno tutto nuovo*
856. M. Palmer, *Terapia totale*
858. J. Fletcher & D. Bain, *La signora in giallo - Martini & follia*
865. L. Scott, *Fino a prova contraria*

ROBERT JAMES WALLER

VALZER LENTO A CEDAR BEND

SPERLING PAPERBACK

Traduzione di Olivia Crosio
Slow Waltz in Cedar Bend

I edizione «Superbestseller» Paperback ottobre 2001

ISBN 88-8274-244-X
86-I-01

Ad ali spiegate nei venti meridionali

1

Il *Trivandrum Mail* era in orario. Sbucò dalla giungla dell'India meridionale per entrare sferragliando a Villupuram Junction alle 3.18 di un opprimente pomeriggio. Quando il primo fischio attraversò la campagna, i passeggeri presero ad accalcarsi sul bordo del marciapiede della stazione. Ciò che non era in grado di deambulare veniva trasportato o sorretto — coperte arrotolate e cesti di vimini, bambini e anziani.

Michael Tillman si staccò dal muro di mattoni fuligginosi al quale era stato appoggiato fino a quel momento e si gettò sulla spalla sinistra lo zaino color terra. Un centinaio di persone stavano cercando di scendere dal treno, e almeno il doppio stavano contemporaneamente tentando di salirvi, formando due correnti che scorrevano in direzioni opposte. Una donna incinta vacillò nella ressa. Michael la prese per un braccio, l'aiutò a salire i gradini e, mentre il treno stava già partendo, si buttò nella carrozza di seconda classe.

Ben presto, ancora alla periferia di Villupuram, il treno raggiunse la sua massima velocità, sessanta chilometri all'ora. Non c'erano posti a sedere, quasi non c'erano neppure posti in piedi. Appeso con una mano alla reticella dei bagagli mentre il treno curvava tra colline brulle per gettarsi tra le risaie, Michael trasse dal taschino la foto di Jellie Braden e la guardò, per ricordare ancora una volta a se stesso perché stava facendo tutto questo.

Bizzarro. Strano. L'arcobaleno di un uomo e il suo zaino, dall'Iowa nel ventre dell'India, in cerca di una donna. Jellie Braden... Jellie... che apparteneva a un altro. Michael Tillman, però, la voleva. Più della propria vita, la voleva tanto da attraversare il mondo alla sua ricerca. Continuava a pensare che tutta questa storia assomigliava un po' a certe canzoni che trasmettevano una volta la sera tardi alla radio.

Com'è cominciata? E chi lo sa. E perché? Stessa risposta. La vecchia teoria darwiniana. Qualcosa di primordiale, qualcosa di remoto e lontano. Qualcosa che, nel profondo delle ossa o dei geni, ti mormora: «Quella». Ecco com'era successo: la porta di una cucina dell'Iowa si era aperta e così pure il cuore di Michael Tillman quando Jellie, quarantenne, ne era uscita in tutto il suo splendore.

Il ricevimento autunnale del preside della nuova facoltà, nel 1980, ecco *quando* era successo. Appena tornato dall'India dopo la sua seconda borsa di ricerca Fulbright laggiù, ancora frastornato dal cambiamento di fuso orario, Michael si era appoggiato al frigorifero del preside sorseggiando la sua seconda birra del pomeriggio. Aveva guardato oltre le facce che lo fissavano, e aveva risposto a tediose domande sull'India, insofferente al brusio delle chiacchiere accademiche intorno a sé.

La moglie di un professore di ragioneria aveva preso in pugno l'interrogatorio sull'India. Michael le aveva accordato il trentotto virgola sette per cento della propria attenzione, pianificando la fuga e tracannando birra mentre lei parlava.

«I poveri non sono orribilmente appiccicosi?»

«Quali poveri?» Stava pensando a Joseph Conrad. Stava leggendo per la terza volta *Cuore di tenebra*, ed era circa a metà.

«In India. Dev'essere tremendo.»

«No. Io ero nel Sud, e la gente mi sembrava piuttosto ben nutrita. Lei deve aver visto quei documentari televisivi sulle suore cattoliche che sfacchinano su e giù per le viscere di Calcutta.» La donna aveva sussultato leggermente alla parola «viscere», come se non l'avesse mai sentita prima o preferisse non pensarci.

«Ha visto dei cobra?»

«Sì. L'incantatore di serpenti al mercato ne aveva uno in una cesta. La bocca del serpente era cucita, per impedirgli di fare del male.»

«Come faceva a mangiare?»

«Non mangiava. Alla fine muoiono. Allora l'incantatore ne va a cercare un altro e cuce la bocca anche a quello. È così che funziona.»

«Mio Dio, che crudeltà! È una fine tremenda, per quanto ripugnanti siano i serpenti.»

«Sì, le condizioni di lavoro sono peggiorate in tutto il mondo. D'altra parte, è un po' come all'università. Noi usiamo un filo più robusto, tutto qui.»

La moglie del ragioniere lo aveva fissato come se lui fosse uno di quei vecchi resi pazzi dall'età, poi aveva proseguito. «Ha visto anche gli uomini nudi con la pelle dipinta di bianco? Devono essere dei begli originali.»

«No, non ne ho visti. Stanno soprattutto al Nord, immagino. A Benares, o Varanasi, come la chiamano adesso. Insomma, da quelle parti. Se siano degli originali o no, questo non glielo saprei dire. Suppongo dipenda dalla sua visione del mondo e dalle sue aspettative di carriera.»

«Anche Jellie Braden è stata in India, sa?» L'insegnante più anziano, quello di economia comparativa, aveva scavalcato la moglie del ragioniere, ottenendo tutta l'attenzione di Michael.

«Chi?»

«La moglie di Jim Braden, il nuovo professore di econometria che abbiamo fatto venire dall'Indiana.» Michael aveva udito sbattere la portiera di un'auto nel vialetto. L'insegnante aveva guardato fuori della finestra. «Eccoli, stanno arrivando proprio adesso. Sono una coppia deliziosa.»

Braden? Braden... Ma sì, Jim Braden! Lo aveva intervistato sei mesi fa, prima di partire per l'India. Ma non ne aveva conosciuto la moglie. Durante il colloquio lei era con un agente immobiliare che doveva aiutarla a trovare casa in città. Michael era stato tentato di scrivere, sul foglio di valutazione, «Tipo comune, più o meno onesto e noioso.» Invece, aveva scritto: «Jim Braden è il candidato ideale», il che era pressappoco la stessa cosa.

James Lee Braden III era entrato sorridente nella cucina del preside, dove si era messo a stringere mani e a presentarsi a tutti. Anche Jellie Braden aveva sorriso, nel suo elegante tailleur azzurro con la giacca che le arrivava appena sopra i fianchi e la gonna a metà polpaccio, da sotto la quale spuntava un paio di stivali neri con il tacco medio. La flessuosa Jellie Braden.

Ma non troppo. Era tutto lì. Il freddo volto patrizio veniva da una riserva di geni superiori, come i capelli neri e la pelle diafana. Il corpo sarebbe stato definito superbo da un raffinato scrittore, e strepitoso da un rotocalco alla buona. Gli occhi grigi ti venivano incontro come frecce e la sua sicurezza nel trattare con gli uomini rivelava che Jellie conosceva bene i loro limiti. Dove avesse imparato queste semplici verità non gli era stato chiaro, in un primo momento, ma non gli era stato necessario parlare a lungo con Jimmy Braden per capire che non era certo stato lui a insegnargliele.

I membri della facoltà e qualche altro personaggio indefinibile con scarse capacità di concentrazione avevano abbandonato l'argomento India per passare al repertorio numero due, un'ulteriore valanga di domande standard. Questa volta ai Braden, lasciando Michael appoggiato al frigo tutto solo, intento a contemplare Jellie.

«Vi piace Cedar Bend?»

«Avete già traslocato?»

«Che corsi terrai, Jim?»

«Jellie. Che nome *interessante.*»

Si era avvicinata la moglie del preside. «Ciao, Michael.»

«Ciao, Carolyn. Novità?» Lui e Carolyn erano sempre andati d'accordo, anche se il vetusto preside desiderava in segreto che Michael facesse le valigie e si trasferisse altrove, in qualunque posto che non fosse Cedar Bend. Il suo stipendio era troppo alto, solo perché insegnava all'università da quindici anni, e Arthur Wilcox avrebbe preferito, seduto nel suo ufficio, qualcuno un po' meno costoso e certo più malleabile.

Ma Carolyn lo cercava sempre, alle feste, e si tratteneva a chiacchierare con lui del più e del meno. Il declino del genere del romanzo era il loro argomento preferito. Qualche anno prima, alla festa di Natale, lei si era sbadatamente ubriacata e aveva detto: «Michael, tu sei un ragazzo con le palle. Gli altri sono tutti eunuchi». Lui le aveva cinto le spalle con un braccio e le aveva sussurrato: «Buon Natale, Carolyn». Da sopra la spalla di lei, Michael aveva visto il professore a capo del dipartimento di ragioneria intento a fissarli. Aveva in mano un bicchiere di punch analcolico e, appuntata al bavero, una stella verde con scritto in pennarello rosso: «Ciao! Mi chiamo Larry. Buone vacanze». Michael gli aveva sorriso.

Per qualche tempo aveva chiamato Carolyn «Presidiata». Il nomignolo le era piaciuto tanto che se lo era fatto stampare su una maglietta che aveva indossato al picnic d'autunno, in occasione del quale i membri della facoltà giocavano a pallavolo e approfondivano la reciproca conoscenza. Arthur-for-president si era offeso e, da quella volta, le aveva proibito d'indossare ancora la maglietta.

Quando lei aveva riferito a Michael del divieto, lui le aveva detto: «Fagli vedere i sorci verdi».

Carolyn aveva riso. «Impossibile! Arthur è troppo vittoriano per certe cose. Dorme con la camicia da notte!» Questo dettaglio fece perdere a Michael ogni speranza sulla possibilità che le cose si risolvessero per il meglio. Carolyn aveva cinquantatré anni, ma era ancora una donna focosa, anche troppo, probabilmente. Era una vergogna e uno spreco che dovesse patire certe privazioni. Come possono verificarsi, si era chiesto, simili madornali errori di accoppiamento?

Lui e Carolyn, quella sera, avevano conversato per qualche minuto. Michael guardava, alle spalle della padrona di casa, la nuca di Jellie Braden, chiedendosi se i capelli fossero davvero folti come sembravano e che sensazione gli avrebbe dato raccoglierne una manciata e sdraiare senza indugio la proprietaria sul tavolo della cucina del preside. Chissà perché, ma era convinto che, se ci avesse provato, lei avrebbe riso e lo avrebbe lasciato fare.

Carolyn Wilcox aveva seguito la direzione del suo sguardo. « Ti hanno già presentato Jellie Braden? » gli aveva chiesto.

« Non ancora. »

La Presidiata era andata a sfiorare la manica di Jellie, salvandola dalle esalazioni di futilità che la stavano fagocitando. Alle mogli dei presidi è consentito agire in questo senso, e lo fanno regolarmente, lasciando un semicerchio di persone con il bicchiere in mano e un'espressione stupida sul viso mentre l'oggetto della loro attenzione viene trascinato via.

Jellie Braden si era voltata. « Jellie, vorrei presentarti Michael Tillman. Se c'è qualcosa d'incorreggibile in questa facoltà, temo sia lui. »

Jellie aveva teso la mano e lui l'aveva presa. « Davvero? E che cosa la rende tale, professor Tillman? »

« Diamoci del tu, come tutti gli altri qui, se non ti dispiace. Mi chiamo Michael. Non sopporto i titoli. » Aveva sorriso leggermente, nel dirlo. Lei gli era parsa divertita dal modo in cui sminuiva qualcosa che gli ci erano voluti nove anni in varie istituzioni di stampo medievale per ottenere. « A parte questo, sono convinto di essere correggibilissimo. Sono Carolyn e gli altri a credere il contrario. »

Carolyn gli aveva accarezzato il braccio. Jellie Braden lo aveva squadrato. « Jimmy mi ha parlato di te, quando siamo venuti per i suoi colloqui. Alla facoltà gli hanno detto che sei un tipo eccentrico. »

« Un po' distaccato, forse. Molta gente scambia il distacco per eccentricità. »

« Se ricordo bene, è tornato da uno dei colloqui raccontando che sei una vera e propria fucina d'idee. Ne ha parlato ancora pochi giorni fa, e ha detto che non vedeva l'ora di lavorare con te. Non mi sembri una persona distaccata, da quanto ho sentito sul tuo conto. »

Michael aveva provato una vaga costrizione al petto e sentito il bisogno di spazio per respirare. « Io, invece, ho sentito che sei stata in India. »

« Sì, è vero. » Mentre Jellie parlava, lui aveva visto i suoi occhi spostarsi per fissare un punto sulla destra, come succede a chi si distrae, a chi, per qualche istante, ha la testa altrove. Come succedeva spesso a lui.

India. L'idea dell'India le riportava sempre alla memoria, magari per un solo istante, odori e immagini lucenti, sempre gli stessi — il profumo del gelsomino nel vento notturno bengalese, mani scure sul suo seno e nell'incavo della schiena, l'odore di un uomo che si sollevava per entrare in lei. E le sue parole in quegli attimi attutiti e passeggeri,

avevo mai suonato questa canzone, prima?
In nessuna delle mie precedenti vite, che io ricordi.

... suonerò ancora questa canzone?
In nessuna delle mie vite future.

«Ci sono appena stato», aveva detto Michael.

«Era il tuo primo viaggio laggiù?» Era tornata, ovunque fosse andata con il pensiero, e si era girata per posare il bicchiere sul tavolo di cucina.

«Il secondo. Il primo è stato nel 1976.»

«Deve piacerti.» Gli aveva sorriso, inclinando la testa. «Vedo che hai un pacchetto di sigarette nel taschino. Si può fumare, in questa casa?»

«Scordatelo. Però possiamo uscire e schiacciare i mozziconi sul vialetto del preside se ti va. Lo fa incazzare da morire, quindi cerco di schiacciarne almeno uno ogni volta che vengo qui.»

Qualunque donna meno conscia di sé di Jellie Braden avrebbe declinato l'invito. Era disdicevole, specie per la moglie di un nuovo membro di facoltà. Ma Jellie aveva allungato il mento verso la porta, dicendo: «Andiamo». La cucina era quasi vuota, perché il preside stava tenendo concione in salotto ed era obbligatorio presenziare, a meno che non si fosse in possesso di un certificato medico.

Si erano seduti sui gradini della porta posteriore, e lei gli aveva scroccato una sigaretta. «Quando ci sei stata, in India? E per quanto tempo?»

«È stato tanto tempo fa. Mi sono fermata tre anni.»

Era deliberatamente imprecisa, il che lo aveva ancor più incuriosito. «In che zona?»

«Sud-Est, più che altro. Pondicherry.»

«Ne ho sentito parlare. Una vecchia città francese, vero?»

«Sì.» Lei aveva esalato il fumo sopra le azalee del preside, senza aggiungere altro.

«Ti è piaciuta? Domanda idiota. Dev'esserti piaciuta per forza, se ci sei rimasta tre anni.»

«Ho avuto alti e bassi. In generale, direi che mi sono trovata bene. Ci sono andata per la tesi di master in antropologia e sono rimasta catturata dall'ambiente indiano. Non ho mai completato la tesi.»

«Succede. L'India suddivide la gente in due categorie: quelle che l'amano e quelle che non la reggono. Io faccio parte della prima.»

Erano seduti a pochi centimetri l'uno dall'altra, e lei lo aveva guardato. «Anch'io.»

«Come vi siete conosciuti, tu e Jim?»

«Di ritorno dall'India, volevo restare in contatto con Bloomington anche se non frequentavo più le lezioni, così mi sono fatta assumere come segretaria al dipartimento di economia. Jimmy era un giovane professore appena laureato. Era sempre molto gentile con me, indossava abiti costosi, scriveva articoli su argomenti esoterici che non capivo, ma che gli battevo a macchina con grande attenzione. Mi sentivo un po' sperduta, vagabonda, in quel periodo. Lui mi ha chiesto di sposarlo e io, non avendo nessun motivo per dire di no, ho accettato.»

Michael aveva ascoltato non solo quello che gli aveva detto, ma anche come l'aveva detto. Aveva sposato Jimmy Braden perché non aveva motivo per rifiutare. Era uno strano modo di descrivere le cose. Vicinissimo a lei, con gli occhi grigi di Jellie fissi nei propri, aveva perfezionato la sua idea di sdraiarla sul tavolo di cucina del preside. Il nuovo progetto prevedeva di spogliarla nuda, denudarsi a sua volta e volare, in quel beato stato di estasi, fino alle Seychelles, in prima classe. All'arrivo si sarebbero tuffati a pesce in un lussurioso nirvana. Era sicuro che Jellie Braden sarebbe stata più che magnifica sotto una cascata tropicale, con un ibisco rosso tra i capelli.

«Da quanto tempo siete sposati?» Appena fatta la domanda, una voce nella sua testa lo aveva rimproverato: «Sei un idiota, Tillman. Perché glielo hai chiesto? È una cosa che non ti serve sapere e una domanda troppo indiscreta — vi siete appena conosciuti». Si era alzato e aveva spento il mozzicone sul vialetto del preside. In qualunque altro posto lo avrebbe lasciato spegnere da sé e lo avrebbe riposto in tasca, ma non sul vialetto del preside. Michael si comportava come un vecchio cane, in questi casi, marcando il proprio territorio e assicurandosi di lasciarsi dietro qualcosa che Arthur avrebbe potuto annusare.

Lei era andata fino alla macchina e aveva spento la sigaretta nel posacenere. «Jimmy si lagnerà, quando sentirà l'odore di fumo. Non posso fumare in casa, se c'è anche lui. Quando ce ne andremo mi farà una predica, e si metterà a spruzzare deodorante per tutta la macchina.» Aveva guardato Michael e si era morsa pensosamente il labbro inferiore. «Jimmy e io siamo sposati da dieci anni. Sarà meglio rientrare.»

Lui aveva cominciato a sciogliere il nodo della cravatta. «Vai pure. Io torno a casa. Ho voglia di mettermi a letto con Joseph Conrad.»

«Piacere di averti conosciuto.»

«Idem. Ci vediamo.»

Lei aveva sorriso. «Certo.»

Michael aveva pensato a una certa cascata delle Seychelles che sarebbe stata perfetta.

Quindici mesi più tardi viaggiava nel Sud dell'India a bordo del *Trivandrum Mail*, diretto verso luoghi sconosciuti, in cerca di lei.

2

Era l'estate del 1953. Il luogo, a dir poco remoto, era il Dakota, e il vento caldo faceva aderire al corpo i vestiti sporchi di unto. Michael Tillman aveva quindici anni, e si stava sporgendo sotto il cofano alzato dell'auto di Elmore Nixon, il banchiere Nixon della First National di Custer. Con la maglietta troppo corta che gli lasciava nuda parte della schiena e le dita dei piedi che sporgevano dai sandali e toccavano il cemento, ascoltò i giri irregolari del motore, regolò la carburazione e ascoltò di nuovo il motore, che si mise a girare liscio come l'olio.

« Mikey, cerca di sbrigartela in fretta, con quella maledetta Oldsmobile. Ce ne sono ancora tre da guardare », disse il padre, barcollando per l'officina con la fiaschetta del whisky nella tasca posteriore della tuta.

Fuori, alle pompe, sua madre stava facendo il pieno di benzina a un camion del grano, e intanto si asciugava la fronte con il dorso della mano. Il 27 luglio, alle quattro del pomeriggio, la stazione Texaco della famiglia Tillman era un piccolo universo di odori pesanti e intonaco bianco e verde pisello che iniziava a sfaldarsi. Davanti c'era il rombo del traffico sulla Route 16: turisti con le valigie legate sul tetto che andavano a vedere le facce dei presidenti scolpite nel monte Rushmore.

Michael si raddrizzò, tolse il telo di protezione dal parafango della Olds e chiuse con un tonfo il cofano. Uscì a retromarcia dall'officina e parcheggiò l'auto lungo un lato dell'area di servizio, quindi scese e rimase per un attimo immobile, a strofinarsi le mani in un cencio. Un sioux Lakota con dei vecchi stivali da cowboy, basso e con la pelle butterata madida di sudore, aspettava lungo il ciglio della strada qualcuno, o qualcosa, o un tempo migliore di quello in cui era stato destinato a vivere.

Michael andò dove c'era il frigorifero e prese una Coca dal secchio pieno di acqua e ghiaccio. Accostò la bottiglia a una guancia, poi all'altra. La infilò nella camicia e la premette contro il petto, rabbrividendo a quel gelido contatto. Non pioveva da settimane e nuvole di polvere volteggiavano lungo le strade.

«Cazzo, Mikey...»

La voce del padre rimbombò nell'officina. Lui tornò a mettere la Coca ancora chiusa nel frigo, quindi s'infilò in un'altra macchina e la portò dentro. Su un foglietto, nella calligrafia della madre, era scarabocchiato «olio e lubrificazione». La Chevy salì sulla cremagliera con un sospiro e un brivido, e lui svitò il tappo dell'olio della Bel-Air dell'avvocato Dengen. Mentre aspettava che l'olio usato si raccogliesse in un secchio, guardò verso la Route 16. Una buona strada è sufficiente, stava pensando.

Si avvicinò alla Vincent Black Shadow parcheggiata sul retro della stazione e toccò il manubrio. Suo padre aveva accettato la grossa motocicletta inglese in cambio di una riparazione e aveva detto a Michael che poteva tenersela, a patto che riuscisse ad aggiustarla e imparasse a farne la manutenzione. Da quel momento era stata fisicamente e spiritualmente sua. Una buona strada — la moto avrebbe potuto portarlo lungo quella strada, una volta che lui avesse appreso tutto quello che c'era da sapere sulle valvole, gli ingranaggi e le strade che portavano lontano da lì. Michael si esercitava già, di notte, guidando la Shadow ad alta velocità su e giù per le Black Hills benché non avesse ancora l'età per la patente.

Nelle sere d'inverno, quando la moto aspettava paziente il ritorno della primavera, c'erano le partite di pallacanestro nelle piccole palestre di provincia. La gente notava immancabilmente il figlio di Ellis Tillman, e diceva che forse, una volta cresciuto, sarebbe diventato abbastanza bravo da entrare nella squadra di qualche college. Quando, l'ultimo anno di scuola superiore, aveva segnato cinquantatré punti contro il Deadwood, tutti se n'erano convinti.

Ai pigiama party le ragazze del liceo ridevano e parlavano dei maschi. Dicevano che Michael Tillman aveva tristi occhi scuri, occhi solitari, e sulle mani il grasso dei motori, che non voleva saperne di venire via. Dicevano anche che era timido, ma aveva dei bei muscoli e stava benissimo con la divisa della squadra di pallacanestro. Aveva un bel sorriso, quando si degnava di sfoggiarlo, ma probabilmente avrebbe finito per mandare avanti la stazione di rifornimento di suo padre e allora il grasso sarebbe davvero rimasto per sempre sulle sue mani. Ogni tanto Michael portava una di loro al cinema a Rapid City, altrimenti se ne stava per conto suo. D'estate lavorava in officina e pescava trote, e si allenava sotto il canestro del parco cittadino finché era diventato praticamente imbattibile. La Shadow, il basket, l'algebra e la geometria di Euclide — tutte cose egualmente eleganti ai suoi occhi, universi autosufficienti nei quali spaziare. Non era altrettanto bravo con le ragazze, le stanze gremite di gente o le lezioni d'inglese, dove si discuteva di poesia fino a disintegrarla.

Delle stanze gremite di gente se ne fregava. Con la poesia prima o poi avrebbe fatto i conti. Ma lo preoccupavano le ragazze, che sarebbero diventate donne. Da qualche parte nel mondo c'era la donna con la quale avrebbe fatto l'amore per la prima volta in vita sua. E come sarebbe stato? Non poteva saperlo, ma se lo domandava in continuazione. Lei sarebbe stata contenta di lui? E come avrebbe fatto un ragazzo come lui a sapere quello che doveva fare? Chissà. Ci pensava leggendo la copia di *Che cosa le ragazze e i ragazzi dovrebbero sapere le une degli altri* che sua madre gli aveva discretamente piazzato in mezzo ai libri di scuola. Né lei né suo padre avevano mai accennato al piccolo manuale. Michael immaginava di doversela cavare da sé, come in tutto il resto. Nessuno, per quanto ne sapesse lui, era disposto a dare qualcosa in cambio di niente, tranne forse piccoli manuali in edizione economica, dei quali era proibito parlare e che, comunque, avevano ben poco di romantico.

La pallacanestro portò Michael su strade che la sua moto non poteva percorrere. Una sera di dicembre del

1960, Ellis Tillman aveva accostato l'orecchio alla sua Zenith portatile e aveva cercato di sincronizzarsi sul canale KFAB di Omaha, Nebraska. La voce dello speaker andava e veniva: «Per... informazioni... l'ufficio per l'agricoltura locale». La distanza era molta e il segnale debole. Alle 9.14, a Custer, c'erano venti gradi sotto zero con vento. Altre scariche di elettricità statica. Ellis imprecò contro la radio e Ruth Tillman alzò gli occhi dall'altra parte del tavolo, dov'era seduta. «Ellis, è solo una partita di basket, non la fine del mondo. Hanno detto qualcosa di nuovo sul ginocchio di Michael?»

«No. Andrà tutto bene. È un duro, il nostro ragazzo.» Ellis Tillman bevve un sorso di Old Grand-Dad e tornò a curvarsi sulla radio. Andava fiero di suo figlio.

Le stelle si mossero, o forse le macchie solari, e la voce dello speaker si mise a correre:

> A soli quattro minuti dal termine, la macchina dei Big Red sta letteralmente schiacciando i Wichita State Shockers. Il punteggio è di ottantatré a settantotto. Tillman risale il campo per gli Shockers, zoppicando a causa dell'infortunio al ginocchio che lo ha mandato in panchina nel corso del primo tempo. Passaggio a LaRoux, ancora Tillman, inseguito dagli avversari. Una finta a sinistra, ecco che LaRoux e Kentucky Williams gli fanno schermo...

«Mostragli i denti, Mickey!» Ellis Tillman pestò il piede a terra, sul linoleum giallo, e picchiò il pugno sul tavolo dalle gambe cromate con tale forza che la radio sobbalzò. La moglie, senza alzare gli occhi dal lavoro a maglia, scosse lentamente la testa, chiedendosi che cosa spingesse gli uomini a certi eccessi.

A seicento chilometri da lì, a Lincoln, c'è odore di sudore e popcorn, la folla grida e l'allenatore fa segno di volere il tiro speciale di Tillman. Il giocatore scarta avversari a destra e a manca, incuneando il gomito nella guancia del bastardo che gli si era aggrappato alla canottiera, diretto verso il doppio velo formato da LaRoux e Kentucky. Un flash accecante dal bordocampo, il ginocchio gonfio, grosso ormai una volta e mezzo il normale a causa del sangue infiltratosi nei tessuti. Lo ha già fatto almeno un milione di volte, in passato, forse di più. Sente la potenza dei muscoli nelle gambe e nelle spalle, si muove con la grazia di un ballerino e spicca il suo salto, con la mano sinistra che artiglia la palla al di sopra della testa e la destra che la spinge lungo un arco quasi piatto verso l'anello arancione con il metallo che affiora dove la vernice è stata consumata dall'attrito di milioni di palle da basket. La palla s'infila nell'anello e allarga la rete proprio come una volta nel giardino della casa nel South Dakota, e la folla grida più forte. Atterri sul ginocchio, maledizione, che sembra disintegrarsi, e tu finisci per terra con Kentucky Williams che incespica nelle tue gambe camminando all'indietro...

e rimani a terra...
e lo sai che è finita
e ne sei quasi felice.
E a seicento chilometri a nord-ovest
tua madre china la testa.

Due giorni più tardi Ellis Tillman ricevette con la posta una copia del *Wichita Eagle*. Si era abbonato quando Michael giocava ancora, ma adesso avrebbe lasciato cadere l'abbonamento. Sulla pagina sportiva c'era il titolo:

SCONFITTA DEGLI SHOCKERS IN NEBRASKA, 91-89
Tillman segna 24 punti, ma resta vittima di un infortunio che gli costerà la carriera.

Pensò di ritagliare l'articolo e appenderlo nella stazione di servizio con tutti gli altri ritagli su Michael, ma Ruth non avrebbe voluto saperne.

Con i voti che aveva Michael poté a malapena iscriversi alla scuola di perfezionamento ma, una volta accettato, dovette mettersi a lavorare sodo. Furono sei anni di immersione totale, compresa la tesi. A Berkeley si fece crescere la barba e s'innamorò per la prima volta. Lei si chiamava Nadia, portava collant neri e gonne lunghe e veniva da Filadelfia, dove suo padre era un sindacalista. Vissero insieme per due anni a Berkeley, negli anni Sessanta, nei quali la cittadina universitaria era al centro di tutti gli avvenimenti più importanti, o almeno così loro credevano.

Nadia si arruolò nei Peace Corps e pensava che Michael dovesse fare lo stesso. « Restituire parte di quello che hai ricevuto, Michael », gli disse.

Lui aveva ricevuto l'offerta di una borsa di studio per il dottorato e voleva accettarla. « Restituirò parte di quello che ho ricevuto, in un modo diverso dal tuo ». le rispose.

Si tagliò la barba. Nadia fece i bagagli e partì. Delusa, ma non arrabbiata, e pronta per affrontare cose nuove. «Probabilmente è meglio così», ragionò. «Sei figlio unico e, da quello che mi hai raccontato del tuo passato, e da come è stato vivere con te, mi sembra di poter concludere che i figli unici vengono allevati per restare soli. Perlomeno, così è successo a te.» Si addolcì e lo guardò negli occhi. «È stato bello, Michael.»

Lui sorrise. «È stato davvero bello. Dico sul serio, Nadia. Mi hai insegnato molte cose. Teniamoci in contatto.» Le diede un bacio di addio, guardò due anni della sua vita allontanarsi a bordo di una corriera e s'incamminò verso il dipartimento di economia, per consegnare la lettera in cui diceva di accettare la borsa di studio. Quindi tornò a casa e sentì ancora nell'aria il profumo di Nadia. Alle pareti erano appesi i suoi poster di Lenin, Einstein e Mark Twain. Gli mancava già, ma Nadia aveva ragione: era cresciuto in solitudine e gli piaceva stare solo. Soltanto i bambini capiscono che finisce per forza così, e passano la vita ad allenarsi per quando accadrà.

3

Il *Trivandrum Mail* rallentò e si fermò, tra braccia che passavano dai finestrini frutti e tè in cambio di rupie, e zanzare che, invece, passavano dai finestrini per un intenso scambio di sangue. Con il sudore che gli colava giù per la schiena, il petto e il viso, Michael Tillman guardò di nuovo la foto di Jellie Braden. Il treno era ripartito: la gente nei campi lavorava il riso, i buoi trascinavano carichi di legna lungo le strade di campagna, gli uccelli volavano accanto al treno per un breve tratto, prima di cambiare direzione. Si udì un fischio provenire dalla locomotiva, mentre il treno si apprestava ad attraversare un altro villaggio.

Un viso guardò da sopra la sua spalla. L'uomo rise e indicò la foto di Jellie. « Molto carina. Una simpatica signora? »

Michael rispose che sì, era proprio così. Il ghiaccio era rotto e all'improvviso tutti, nel raggio di tre metri, vollero dare un'occhiata alla foto. La maneggiavano con attenzione, badando che non si sgualcisse, passandola al vicino e annuendo con un sorriso a Michael.

« Sua moglie? » domandò qualcuno.

Non aveva mai pensato a lei in questi termini, ed esitò prima di rispondere. Poi sorrise incerto. « Forse, non ne sono sicuro... » Intanto il treno procedeva nella luce fioca del tardo pomeriggio, puntando verso l'orizzonte purpureo della sera.

Dopo due ore di viaggio si liberò un posto. Michael fece per sedersi, ma notò in un angolo la donna incinta che aveva aiutato a salire. Le indicò il posto vuoto e lei, dopo averlo ringraziato con un breve cenno della testa, si sedette. Poco dopo qualcuno gli tirò la manica. Due indiani si erano stretti l'uno all'altro, in modo da lasciargli libero un angolo del sedile. Lui gettò lo zaino sulla reticella e s'incuneò nel poco spazio a sua disposizione.

Cominciò una conversazione, principalmente a gesti, ma ci si capiva lo stesso. Gli facevano domande semplici, per esempio quale fosse il suo lavoro. Immediatamente gli vennero tributati gli onori che gli indiani riservano agli insegnanti: rispetto, meraviglia, gratitudine. « La più alta chiamata », disse un uomo, in un inglese pesantemente accentato, e gli altri annuirono in segno di approvazione. Forse ha ragione, pensò Michael. È facile perdere la prospettiva e diventare cinici, quando si pratica una professione o si frequenta una persona da decine di anni. Si finisce per concentrarsi sui difetti, scordando la bellezza generale di ciò che ti circonda.

Si era accostato alla scuola di perfezionamento con l'idea di diventare un erudito e un insegnante, in effetti la più alta chiamata, per quanto ne sapesse allora. Poco più che ventenne, aveva sognato i brillanti studenti con i quali si sarebbe addentrato nei meandri delle più avanzate teorie economiche. Magari ne sarebbe uscito un premio Nobel, con la spinta di qualche borsa di studio. Tuttavia, per qualche motivo che non era mai riuscito a individuare, la scuola di perfezionamento e i primi anni d'insegnamento si erano portati via tutti i suoi sogni. Colpa dell'enfasi sui metodi, della lenta e faticosa raccolta dei dati e dell'analisi. Colpa degli specialisti in scienze sociali che cercavano di rubare il lavoro ai fisici, come se la rutilante complessità della realtà sociale potesse essere trattata al pari dello studio della natura. E colpa degli studenti stessi, che volevano imparare solo ciò che poteva aiutarli a trovarsi un lavoro, che pretendevano quella che chiamavano «rilevanza», e non nutrivano nessun interesse per quelle astrazioni che lui trovava così attraenti, simili in qualche modo a un limpido e freddo ruscello di montagna che scorreva nel cervello. «Una buona teoria è la cosa più pratica che si possa studiare», diceva loro. Nessuno sembrava credergli.

Aveva tenuto un piccolo discorso a una riunione di facoltà del College of Business and Economics. «Siamo interessati, sembrerebbe, non tanto a creare, quanto a conservare — conservare il nostro comodo, invidiabile stile di vita. Se i contribuenti scoprissero che cosa succede veramente da queste parti, marcerebbero contro di noi. Siamo come i maledetti studenti, e gli studenti sono come noi poveri idioti: tutto si riduce a cooperare e laurearsi.»

Due teste su centotrentasette avevano dimostrato il loro assenso andando su e giù, le altre centotrentacinque desiderarono che il preside riprendesse il microfono per parlare delle prospettive salariali dell'anno seguente. Quello fu l'ultimo discorso tenuto da Michael.

Così i sogni si erano erosi e Michael Tillman aveva cominciato a chiudersi, a dedicarsi solo a quello che riteneva sensato. Stava cercando di reimpossessarsi dei vecchi sentimenti, della meraviglia che aveva provato contemplando l'immensità dello spazio e del tempo, interrogandosi sulla magia evoluzionistica che aveva collocato lui, e non un altro, in quel luogo e in quel momento in un universo tuttora in espansione.

La gente lo vedeva distante, e Michael lo era veramente. La gente lo vedeva anche arrogante, ma era vero il contrario, semmai. Aveva semplicemente deciso di allontanarsi da solo, di seguire la propria strada. La gente è portata a scambiare per arroganza la timidezza e la ricerca della solitudine. È un'etichetta che appongono per convenienza coloro che vedono solo la superficie delle cose, e nient'altro. Lui ne era consapevole, e lasciava che credessero quello che volevano.

Come professore era diverso, ma efficace. I bravi studenti lo apprezzavano, i mediocri lo temevano. I più scarsi evitavano le sue lezioni. Non era affabile o comprensivo, né lo sarebbe mai diventato, tuttavia rispettava la grinta e la determinazione, e passava molto tempo con quelli che incontravano difficoltà a seguire il suo corso. Riservava invece un disprezzo speciale per coloro che, dotati di talento, lavoravano il minimo indispensabile per arrivare alla laurea.

«Fa' quello che ti chiede e sei a posto, altrimenti sei carne da macello», dicevano i suoi ex studenti. «Capita che cammini scalzo per la classe, ma sa sempre quello che dice.»

I non ancora laureati scrivevano di tutto su di lui, sui moduli di valutazione:

«Gli scritti sono troppo difficili. Deve cercare di capire meglio i giovani e la pressione dei genitori.»

«Temibile, anche se dopo la lezione è sempre pronto a dare una mano. Il suo corso è *duro.*»

«Le sue idee mi hanno indotto a riconsiderare la mia vita.»

«Può sembrare arrogante ed egocentrico. Nessuno può essere in gamba come vorrebbe far credere di essere.»

«Mi è piaciuto il suo approccio [*sic*].»

«Dovrebbe tagliarsi i capelli e a volte nomina il nome di Dio invano.»

«Bravo in classe, ma per il resto è reperibile solo nelle ore di ricevimento studenti... Io lavoro da *Kmart* per pagarmi la Camaro e i miei orari non coincidono con i suoi.»

«Conosce la sua materia, ma vive in un altro mondo.»

«Un grande insegnante. Uno dei due migliori che abbia mai avuto.»

Michael era uscito a pieni voti dalla scuola di perfezionamento. Le ventisei voci del suo curriculum gli avevano procurato un posto di ruolo nel 1970 e la cattedra nel 1978, una settimana prima del suo quarantesimo compleanno. Da quel momento aveva alzato la testa e si era messo a guardarsi attorno, cercando di ritrovare la magia. La gente continuava a chiedergli come stesse andando con questo o quel progetto. «In nessun modo», rispondeva lui. «Sono passato ad altro.»

«Per esempio?» gli domandavano.

Lui si teneva sul vago, faceva il misterioso, seguendo i capricci della propria mente. «Mi sto trastullando con gli studi giovanili di Jeremy Bentham sul calcolo piacere-dolore e le sue applicazioni ai problemi della democrazia contemporanea.»

Questo zittiva chiunque. C'era un attimo di silenzio, soprattutto se la conversazione era telefonica. Poi: «Capisco. Peccato che tu abbia smesso di lavorare su quell'altro argomento. Credevo che stessi approdando a qualcosa».

Andava avanti così, una vita di parziale soddisfacimento, tutto bene in generale, ma con una macchia indelebile data da una solitudine che Michael proteggeva e detestava insieme. Aveva il suo lavoro e la Shadow. C'era un paio di donne con cui si vedeva di tanto in tanto. Poi era arrivata Jellie Braden, ed eccolo sul *Trivandrum Mail* che corre verso sud, verso l'India più genuina, dove ancora resistono le antiche tradizioni.

Il treno giunse a Madurai alle dieci in punto. Michael domandò dove poteva alloggiare e il controllore gli consigliò un piccolo albergo in fondo alla strada. «Molto pulito, molto accogliente», gli disse, e lui si fidò.

Quasi tutti i piccoli alberghi indiani sono concepiti per le persone che viaggiano alla maniera locale, molto essenziale, ed è raro che alla reception si presenti una faccia bianca. L'impiegato fu visibilmente compiaciuto della scelta di Michael, e subito gli assegnò tre fattorini perché lo accompagnassero in camera, nonostante l'unico suo bagaglio fosse lo zaino.

Uno di loro corse avanti e scivolò in perfetto equilibrio sulle piastrelle del pavimento, fermandosi esattamente davanti alla porta di Michael. Un altro parlava un poco l'inglese e gli spiegò che il ristorante dell'albergo era chiuso, ma che sarebbe stato felicissimo di andargli a comprare personalmente qualcosa da mangiare.

Michael immaginò di non poter pretendere più di una frittata. Chiese al ragazzo di procurargliene una, insieme con del pane, del tè, del formaggio o dello yogurt. Venticinque minuti più tardi il ragazzo tornò con tè, pane, yogurt, salsa piccante e una frittata di tre uova. Indagare sulla provenienza delle uova, ormai, era irrilevante. Inoltre quella era un'informazione di cui Michael preferiva comunque fare a meno, in India.

Dopo cena si addormentò. Uno dei fattorini bussò alla sua porta alle prime luci dell'alba, come gli era stato richiesto. Michael si fece una doccia fredda, mangiò cereali e latte di capra con pane tostato e tè, questa volta nel ristorante, poi si mise a cercare una macchina disposta a portarlo in un posto chiamato Thekkady, sulle montagne occidentali. Il direttore dell'albergo fu lieto di dargli una mano e, trenta minuti più tardi, davanti al piccolo hotel si fermò una Premier bianca, una delle minuscole, diffusissime berline di fabbricazione indiana.

« Ha il permesso per girare in tutta l'India », spiegò il direttore.

Michael non capì che cosa intendesse dire, ma lo prese per un buon auspicio. L'autista pulì con una scopa di saggina il sedile posteriore, e partirono sulle tracce di Jellie Braden.

* * *

Il giorno dopo aver conosciuto Jellie alla festa del preside di facoltà, qualcuno da qualche parte abbassò una leva autunnale e il vecchio razzo chiamato college decollò. Michael avrebbe tenuto le sue lezioni tra il martedì e il giovedì, ma andò al lavoro anche se era solo lunedì, tanto per passare il tempo. Lesse la corrispondenza arrivata durante la sua assenza, affisse il cartello con le sue ore di ricevimento (il martedì e giovedì dalle quattordici alle sedici, o su appuntamento), corresse i programmi di qualche studente che non riusciva a frequentare tutti i corsi desiderati. Tra gli studenti si era diffusa una voce: « Tillman è l'unico in grado di scavalcare la burocrazia. Andate da lui, se avete dei problemi ».

Stava ancora pensando a Jellie Braden. Era da un pezzo che non incontrava una donna tanto sconvolgente. Forse non l'aveva mai incontrata. No, niente forse. Non l'aveva mai incontrata. C'era l'attrazione fisica, e dell'altro. Aveva trascorso una notte insonne cercando di dare ascolto alla propria coscienza, che lo invitava alla rettitudine, senza però riuscire a trovarla convincente.

Il martedì iniziò l'anno accademico con il suo solito discorso, intitolato *Complessità e confini dell'umana concezione della politica*, incantando gli studenti dell'ultimo anno con qualche parentesi a effetto sulla matematica combinatoria. Fu una tipica prima lezione, durante la quale cercò di mettere in chiaro che avrebbe fatto sul serio. Gli altri professori si limitavano quasi tutti a delineare il programma e a fornire indicazioni su come raggiungere i bagni. Lui, invece, entrava in aula, guardava in faccia gli studenti e diceva: «Cominceremo con i sistemi complessi, un esame del nostro intelletto limitato in un contesto dalle possibilità illimitate».

Quindi si metteva alla lavagna e sorrideva tra sé nel sentirli tirare fuori frettolosamente quaderni per appunti e biro che non si erano aspettati di usare il primo giorno. Michael Tillman, serial killer di ingenui studenti.

All'inizio del semestre l'andazzo era tranquillo. Gli studenti bevevano birra e non si erano ancora messi seriamente a sgobbare. Si cominciava a prendere velocità verso la terza settimana, in previsione del primo esame. Aveva messo i piedi sulla scrivania e si era appoggiato comodamente allo schienale della poltroncina, dopo aver lasciato la porta aperta e tenuta ferma da un volume che lodava l'economia reaganiana, scritto da uno degli economisti che mantenevano la facoltà. Sceglieva i suoi fermaporta con grande cura, e li sostituiva periodicamente, facendone una specie di editoriale terra-terra sui tempi attuali. Udì bussare piano e, quando alzò gli occhi, ne incontrò due grigi che lo fissavano: Jellie Braden in jeans, con un maglione rosso dal quale spuntava il colletto bianco di una camicia, e scarpe da montagna molto usate. I capelli neri erano raccolti sotto un frusto berretto di lana.

Domenica non aveva pienamente apprezzato le sue lunghe gambe. La gonna e gli stivali le avevano nascoste, anche se, a pensarci, non sarebbe stato difficile immaginarle. Sulla spalla destra aveva una vecchia cartella di scuola verde.

«Ciao, Michael Tillman. Stavo andando in ufficio da Jimmy e ho visto la tua porta aperta.»

Lui tolse i piedi dalla scrivania, posò da qualche parte la rivista d'informatica che stava leggendo e rispose: «Ciao a te, Jellie Braden. Carino da parte tua fermarti. Siediti pure. Qui non è vietato fumare».

«Okay. Ho qualche minuto, prima che Jimmy finisca la lezione.» Dava l'impressione di non avere di meglio da fare per ingannare la breve attesa, ma secondo Michael non era questo il senso che aveva voluto trasmettergli.

«Assomigli a quella che la commissione per le ammissioni chiamerebbe una studentessa matura, con quella cartella in spalla.»

«Ed è proprio quel che sono. Una studentessa, perlomeno. La mia maturità è questione tuttora aperta.»

Lui fu sul punto di commentare su quanto c'era di visibile nella sua ovvia maturità, ma si trattenne. «Che cosa studi?»

«Seguo un corso sulla cultura tradizionale degli indiani delle grandi pianure, sui nativi americani, come li chiamano adesso. E anche un altro sui metodi di ricerca archeologica sul campo. Non sono ancora riuscita a trovare un lavoro, ma preferisco crepare piuttosto che passare tutta la giornata in casa a girare le dita, o magari a guardare le telenovelas. Che cosa insegni di bello questo trimestre?»

«Tengo un corso di *decision-making* per gli studenti dell'ultimo anno e un altro sui metodi quantitativi per i laureati. Roba che scotta. Dovresti iscriverti.»

«Credevo che fossi un economista.»

«Lo sono, in un certo senso. Qualche anno fa ho

cominciato a interessarmi ad argomenti più pratici. Succede, con l'età.»

«A me sembrano tutte belle parole per nascondere una schifosa verità, e cioè fare più soldi e fottere il consumatore. Sbaglio?»

Michael rise. «Fare più soldi, questo sì, ma fottere il consumatore no.»

«Come fai a scindere le due cose? Non sono le due facce di una stessa medaglia?»

«Brava. Ma preferisco non pensarci. Sono come i vecchi scienziati della bomba A. Io offro le mie conoscenze, come il pubblico sceglie di metterle a frutto non rientra nelle mie responsabilità. Sono cazzate, lo so, ma mi aiutano a trovare una via d'uscita quando rifletto troppo a lungo su quello che sto facendo.»

«Perlomeno sei onesto. Non ti metti in giacca e cravatta, quando insegni?»

«No. Lo facevo all'inizio, ma la polvere del gesso penetra anche nel migliore dei tessuti. Inoltre, da queste parti l'inverno è troppo freddo per potersi vestire da damerini, e non mi sento a mio agio con i mutandoni di lana sotto i pantaloni spigati. Come dicono i sarti, l'abito non cade bene. I jeans e i maglioni, invece, funzionano alla perfezione. Danno anche le convulsioni al preside, ma tutto quello che faccio gliele provoca, che io lo faccia di proposito o no.» Michael batté una matita sulla scrivania e sorrise a Jellie. «Una volta gli ho disegnato una bella uniforme, ma non gli è piaciuta.»

Jellie rispose al sorriso. «Come dovrebbe essere secondo te l'uniforme di un preside?»

«Una tuta, meglio da paracadutista, come una pittura facciale che realizzi quello che io chiamo 'mimetismo del manager', chiazze nei toni smorzati del marrone e del grigio, per confondersi con gli archivi e altri mobili da ufficio. 'Arthur', gli ho detto, 'riusciresti a infiltrarti ovunque e a realizzare i tuoi sogni più spinti, per esempio controllarci senza essere visto, per assicurarti che non stiamo ballando nell'atrio del primo piano con delle ghirlande di fiori sulla testa'.»

Il sorriso di Jellie divenne sghembo. «Che cos'ha commentato esattamente il preside?»

«Non ha fatto nessun commento. Ha scosso la testa e si è allontanato. Ma solo dopo che gli avevo spiegato che con l'uniforme andava adottata quella che io chiamo 'la camminata dell'amministratore', una sorta di passo dell'oca inteso alla lettera, cioè un'andatura bassa, semiaccovacciata, che gli avrebbe permesso di stare al di sotto dei piani delle scrivanie. Gli ho dato una breve dimostrazione della camminata nel corridoio fuori del suo ufficio e gli ho garantito che, se avesse messo insieme l'uniforme e quell'andatura, sarebbe diventato un campione del controllo a distanza ravvicinata. Temo che non abbia afferrato il concetto. Carolyn invece ha apprezzato molto l'idea.»

Chiacchiere, di tutto e di niente. Cominciò tutto da lì. Jellie prese l'abitudine di passare a trovarlo una volta la settimana, e a poco a poco si erano fatti strada l'uno verso l'altra attraverso il fitto bosco d'ignoranza che separa due estranei. A volte lui aveva un'erezione parziale al solo rivolgerle la parola, e allora era contento di portare i jeans di una misura in più, perché questo gli permetteva di tenere sotto controllo la situazione. Aveva rinunciato da anni alla religione organizzata, ma viene sempre buona, nei momenti di necessità, e la preghiera che recitava più sovente diceva: « O Signore, dammi Jellie Braden. Sono solo un pover'uomo. Non chiedo altro ». Le parole erano diventate un mantra che non lasciava mai la sua mente.

La domenica del picnic d'autunno, Michael era seduto a un'estremità di un'altalena in un parco giochi lungo il fiume intento a osservare languidamente il dipartimento di ragioneria sfidare quello di marketing in un eccitante torneo di pallavolo organizzato dal preside e dalla sua segretaria. La segretaria amava Michael ancora meno del preside stesso, e lo definiva un impertinente. Michael, pensando a un modo per esibire la propria impertinenza in modo da non deludere nessuno, si accese una sigaretta, cosa di cui il preside si lamentò immediatamente. Il risultato fu la frase: « Reputati fortunato a essere un insegnante di ruolo ». Michael si riteneva davvero fortunato, anche perché sopra di lui splendeva il tiepido sole di settembre.

Gli economisti stavano ansiosamente aspettando in disparte di poter sfidare per la seconda volta i professori di marketing, come voleva lo schema di andata e ritorno, concepito da un fanatico dello sport dell'area ricerche. Il genio aveva svolto non si sa quali complicati calcoli matematici per stabilire gli accoppiamenti, basandosi sulle vittorie-sconfitte conseguite dai vari dipartimenti nel corso degli ultimi tre picnic e disegnando un diagramma a quattro colori sullo schermo di uno degli Apple in dotazione alla facoltà.

Quando aveva visto il tabulato, il preside aveva cominciato a delirare, insistendo perché tutti quanti dessero almeno un'occhiata « all'ottimo lavoro di Don » (almeno duecento dollari extra nella busta paga di Don il prossimo mese, aveva pensato Michael). Michael l'aveva trovato un po' come usare un martello da fabbro per conficcare una puntina nel sughero e, quando il preside gli aveva chiesto un'opinione sulla pensata di Don, glielo aveva detto. Le sue parole esatte erano state: « Secondo me Don applica l'alto pensare al basso vivere ».

Certo che i membri della facoltà erano proprio malandati. I loro corpi flaccidi si alzavano appena da terra, barcollavano, la palla finiva di continuo tra gli alberi e il preside suonava ininterrottamente il fischietto. Michael si guardò attorno per vedere se c'era un'ambulanza a bordo campo.

« Ti va di andare un po' in altalena, Tillman Michael? » domandò Jellie, venendogli incontro sorridente attraverso il prato. L'aveva già vista prima, da lontano. Ogni volta che si trovava nella stessa area fisica di Jellie, il suo radar entrava automaticamente in funzione e lui sapeva sempre dove trovarla al primo sguardo. Lei e Jim erano arrivati un'ora prima. Michael era venuto solo sulla Black Shadow, dando leggermente gas per superare l'auto del preside all'ingresso del parcheggio e salutando con la mano Carolyn. Niente maglietta da Presidiata, quest'anno, e lui si sentì amareggiato per lei. In previsione di questo si era fatto stampare su una T-shirt la scritta POSSIBILE FUTURO PRESIDE, e la indossava con ostentazione.

« Sempre disponibile », rispose lui, domandandosi quanto lei fosse conscia del doppio senso. Si alzò perché l'altra estremità si abbassasse e lei potesse sedersi. Pesava almeno trenta chili più di Jellie e dovette scivolare in avanti perché l'altalena fosse bilanciata, poi le gettò una lattina di birra presa dalla ghiacciaia che aveva posato accanto a sé sull'erba.

« Che cosa proverà Jim nel vedere sua moglie dividere un'altalena con un altro uomo? »

« Non è tipo da prestare attenzione a questo genere di cose, ma è certo che ogni tanto diventa geloso in modo quasi insopportabile. E senza una buona ragione, aggiungerei. Ma tu gli sei simpatico e sa che siamo diventati amici, quindi non c'è problema. Comunque è tutto concentrato sulla partita. Dopo toccherà alla sua squadra fare a pezzetti il dipartimento di marketing in quella sottospecie di torneo per balene arenate laggiù. »

Era luminosa nella luce tersa del pomeriggio. I suoi seni andavano piacevolmente su e giù sotto la camicetta di cotone, a ritmo con l'altalena. I jeans erano tesi sui fianchi e le cosce, per via della posizione scomoda sull'asse. Che delizioso tormento, pensò trasognato Michael.

« Tu non giochi a pallavolo? Sembri in forma, senz'altro più dei nostri amici cetacei. »

Lui guardò verso la rete e vide James Lee Braden III con tanto di occhiali di corno, felpa e pantaloni kaki saltellare di lato per riscaldare i muscoli, in attesa di affrontare per la seconda volta i professori di marketing. Dopo qualche saltello, inciampò rovinosamente nel piede della dottoressa Patricia Sanchez, finendo lungo disteso per terra. Solo allora Michael si rese conto di non aver ancora risposto alla domanda di Jellie, che lo stava fissando. Bevve un sorso di birra e disse: « No. Ho già fatto i miei sei chilometri di jogging stamane all'alba. Basta così, per oggi. Inoltre potrei scontrarmi con il pancione di Kipperman, il ragioniere, e non trovare l'uscita in tempo per la lezione di martedì.»

Jellie Braden rise mentre continuavano ad andare su e giù sull'altalena, in quello spensierato pomeriggio di settembre nello Iowa.

4

Nella campagna a ovest di Madurai la mattina era dolce e limpida, come solo l'India sa essere prima di venire inghiottita dalla canicola e dalla polvere. A Michael sembrava ancora più dolce perché, se tutto avesse funzionato come previsto, Jellie era a quattro ore di viaggio, sulle alture dei Ghat Occidentali. Forse l'indomani non sarebbe stato altrettanto dolce e limpido. Forse aveva fatto male a seguirla, a impicciarsi degli affari altrui. Questo dubbio lo tormentava, a dire il vero, dall'inizio del viaggio. Lascia perdere, si disse. Jellie aveva i suoi problemi, di qualunque natura fossero, e Michael i propri — cioè quarantatré anni. Stava scivolando inesorabilmente verso un'età troppo avanzata per le tempeste del cuore così come le stava vivendo adesso. Se fossero arrivati alla guerra, l'avrebbero combattuta lì, tra le montagne dell'India. Era un posto come un altro, no? Lei forse lo avrebbe scacciato, ma in questo caso non sarebbe stato peggio che restarsene seduto nel suo ufficio di Cedar Bend ad ascoltare pettegolezzi sulla moglie di Jimmy Braden, fuggita in preda a una crisi esistenziale.

* * *

In occasione del loro primo giorno del Ringraziamento a Cedar Bend, i Braden avevano invitato Michael a cena. Erano in città da soli tre mesi, ma Jimmy aveva insistito per organizzare una festa in grande. Jellie si era opposta, dicendo che conoscevano poca gente e che il Ringraziamento era una tipica ricorrenza da trascorrere in famiglia. L'arrivo dei suoi genitori, direttamente da Syracuse, le sembrava più che sufficiente. Ma Jimmy aveva compilato una lista e aveva detto che, se almeno i due terzi delle persone nell'elenco avessero accettato l'invito, sarebbe stata una festa sufficientemente « in grande ».

La sua lista era prevedibile, sicura. « Pensavo d'invitare anche Michael Tillman », disse, « ma non credo che verrebbe. Non mi sembra tipo da cena del Ringraziamento. Però è scapolo e potremmo presentargli la tua amica Ann Frazier, la sociologa. Sono diversi, d'accordo, ma potrebbero incontrarsi davanti a un piatto di tacchino. »

Jellie ci pensò su. Immaginò Michael seduto nella loro sala da pranzo. Lo strano e diverso Michael Tillman, con le spalle larghe, gli occhi scuri e i capelli assai più lunghi di quanto non sia normalmente concesso a un professore universitario. Michael Tillman, decisamente fuori del comune, il viso abbronzato come quello di un taglialegna e quelle dita lunghe e lisce con un residuo di grasso ribelle che neppure il guanto di crine era riuscito a rimuovere.

Un mese prima, lei e Jimmy stavano rientrando da teatro. Era ottobre e le strade erano bagnate di pioggia. All'improvviso, a un semaforo rosso, si erano visti accanto Michael in sella alla sua Shadow. La radio, in macchina, stava trasmettendo una canzone di Neil Diamond, *Cracklin'Rosie*, e Jimmy la stava pregando di trovare una stazione locale che dedicava quella serata a musiche di Beethoven. La canzone di Neil Diamond le era rimasta impressa nella memoria. Da quella volta, ovunque fosse, le bastava sentire qualche nota di *Cracklin'Rosie* per rivedere davanti agli occhi quella strada di Cedar Bend, e Michael sulla sua moto scintillante.

Jimmy aveva abbassato il finestrino della Buick e si era sporto fuori. «Ciao, Michael.»

Michael — una fascia gialla intorno alla testa, giubbotto di pelle, stivali e jeans — si era girato e li aveva salutati con la mano, quindi si era messo a fissare il semaforo. Al verde era schizzato via come una pallottola, nero sul suo nero destriero d'acciaio, sparendo ben presto nella notte.

«Non trovi che faccia un po' freddo per andare in moto? Senza contare che ha appena smesso di piovere», aveva commentato Jimmy.

Ma Jellie non l'aveva neppure sentito. Stava guardando il fanalino posteriore della Shadow allontanarsi. E le sarebbe piaciuto essere in sella con Michael Tillman, andare dove una volta aveva spaziato, e dove adesso aveva paura a tornare. Le sarebbe piaciuto montare sul nero cavallo d'acciaio e sentire il motore vibrare tra le gambe, e l'urlo del vento nelle orecchie.

Tanto valeva ammetterlo: era sempre stata attratta da un tipo d'uomo un po' particolare, poco in sintonia con il mondo in cui vivevano (Jimmy era un'altra faccenda — in quegli anni aveva solo cercato di pareggiare i conti). Michael Tillman era *quel* genere di persona, ne era certa, come se una grande mano si fosse tesa verso il passato e avesse trascinato negli anni Ottanta il capitano di una chiatta, bevitore, dedito al turpiloquio e ben inserito nel diciannovesimo secolo; quindi, dopo averlo dotato di un'intelligenza superiore a quella dei suoi nuovi contemporanei, gli avesse detto: « E adesso comportati da bravo ragazzo », senza però avere troppa fiducia nell'obbedienza del suo pupillo.

E scoprendo ben presto di aver avuto ragione a dubitare di lui.

I suoi gusti in fatto di uomini probabilmente avevano qualcosa a che fare con i geni ereditati attraverso le generazioni dalla bis-bisnonna Elsa, che era stata una femminista convinta quando era considerato inappropriato se non addirittura immorale che una donna pensasse certe cose, peggio ancora che ne parlasse e manifestasse per le strade a favore di esse.

Elsa Markham aveva lasciato il marito, si era messa con un socialista dalle idee radicali quanto le sue e si era battuta nelle piazze per i diritti delle donne e per il libero amore. La famiglia Markham non parlava mai della bis-bisnonna Elsa.

Jellie aveva tenuto segreta quella parte di sé per molto tempo. Non l'aveva soffocata: l'aveva nascosta, chiusa in un angolo perché non potesse impadronirsi della sua coscienza e mettere a soqquadro il programma di vita che i suoi genitori avevano delineato per le loro due figlie. La sorella maggiore di Jellie, Barbara, aveva marciato senza battere ciglio nell'esistenza che le era stata predisposta. Si era laureata in educazione elementare, aveva sposato un assicuratore di successo ed era rimasta a Syracuse. I Markham erano lieti delle scelte di Barbara, e il mondo sembrava sorridere a tutti quanti.

Nella tarda adolescenza, avevano entrambe letto *Piccole donne* e a Barbara era piaciuto. Jellie le aveva detto che era nauseante. Lei preferiva di gran lunga *Madame Bovary*, che la sorella giudicava spazzatura. Non solo, aveva anche fatto la spia, andando a riferire alla loro madre che Jellie voleva diventare una seconda Emma Bovary. La signora Markham aveva sequestrato il libro e lo aveva letto tutto d'un fiato, concentrandosi sui passaggi sottolineati da Jellie. Era seguita una conferenza sulla virtù, ma Jellie se l'era cavata dicendo che non voleva affatto diventare come Emma, anzi *Madame Bovary* si poteva considerare un saggio su come *non* vivere. Quello che voleva dire era che Emma aveva sbagliato sperperando il proprio denaro. Una vera romantica si sarebbe concentrata sul sesso, lasciando da parte i soldi.

Avendo ereditato lo spirito inquieto di Elsa Markham, era quasi inevitabile che la vita di Jellie finisse per essere quella che sarebbe stata. L'esperienza indiana, però, fu una sorta di pausa, subito seguita dall'incontro con Jimmy. In quel momento aveva bisogno di navigare per un poco in acque tranquille, affaticata com'era dall'inevitabile sconvolgimento emotivo dell'avventura esotica. Jimmy pareva stabile, e lo era. Jellie aveva bisogno di pace e serenità. Quando lui le aveva offerto di sposarlo, lei aveva risposto di sì per motivi dei quali non era sicura, ma che c'entravano con la stabilità, la comodità, la pace e la quiete.

Jellie aveva combattuto duramente per anni contro il richiamo dei geni di Elsa, senza riuscire a debellarli.

Inutile negarlo: la sorridente moglie del professore, laureata in antropologia, aveva l'animo della moglie del comandante di chiatte, e non vedeva l'ora di premere i seni nudi contro il viso di Michael Tillman perché lui potesse succhiarli.

Quando Jimmy le mostrò l'elenco degli invitati per il Ringraziamento, lei esitò. Tendeva ancora, nonostante tutto, alla comodità e alla quiete. Ma Elsa Markham le prese la mano, facendole scarabocchiare in fondo alla lista anche il nome di Michael Tillman. « Buona idea. Chiedigli se gli va di venire. » Fu proprio allora che decise, nel caso lui avesse accettato l'invito, d'indossare il vestito rosso, quello con le maniche lunghe a sbuffo.

Michael Tillman non festeggiava le ricorrenze — nessuna — ma il Ringraziamento in casa Braden gli avrebbe dato modo di vedere Jellie, quindi era imperdibile. Jim aveva detto che ci sarebbero stati altri ospiti, e che lui e Jellie speravano molto nella sua presenza. A proposito, se voleva poteva anche portarsi un'amica.

Lui rincasò dopo il jogging mattutino, diede da mangiare al cane e al gatto, poi si mise a leggere. Verso la una andò davanti all'armadio della camera da letto e prese una giacca di tweed grigia da indossare sopra una camicia blu. Le sue cravatte erano quasi tutte scivolate sul fondo dell'armadio anni prima, ed erano, soprattutto quelle di seta, spiegazzate e impolverate. Ma ce n'era una di lana rossa, decorata con la scritta SALVIAMO LE TARTARUGHE su un fondo di rettili sparsi, che forse, con una buona spazzolata, sarebbe stato possibile resuscitare. Prese anche un paio di pantaloni neri piuttosto sgualciti, e se li mise davanti. Malachi, il collie inglese che portava il nome del suo professore preferito alla scuola di perfezionamento, si posò il muso sulle zampe anteriori e cominciò a guaire. «Non ti piacciono, Malachi?»

Michael si girò, mostrò i pantaloni a Pentolina, la gatta, e le domandò un parere. Lei sbatté gli occhi, sbadigliò e si avviò in salotto. Dopo l'infelice sondaggio sui pantaloni, a Michael non rimase che passare in rassegna tutti gli altri che possedeva, fino a quando non trovò un paio di jeans passabili. Terminò il suo esercizio di eleganza completando il tutto con un paio di calzini grigi e le vecchie care scarpe di ogni giorno.

Raccolse la bottiglia di rosso che aveva acquistato per l'occasione e andò a piedi sei isolati più in là, fino alla casa di mattoni a due piani che i Braden avevano comprato. C'erano tre auto parcheggiate davanti, più la Buick dei Braden nel vialetto. Gli aprì la porta Jim, perfetto nel suo completo blu scuro gessato, con una camicia immacolata dal colletto inamidato e una cravatta a puntini gialli e neri. Ai piedi portava calzature nere di pelle pregiata, scarpe da banchiere. Dal taschino della giacca spuntava un fazzoletto bianco. Michael aveva già sospettato che Jimmy fosse il rampollo di una famiglia più che benestante, e quel giorno ne ebbe la conferma.

«Ciao, Michael. Jellie e io siamo felici che tu sia potuto venire. Credo che tu conosca già tutti, tranne i miei suoceri, che sono venuti da Syracuse. Però, che bella cravatta!»

Michael odiava le entrate teatrali. La sua origine operaia saltava fuori quando doveva fare il suo ingresso in una stanza piena di persone, e si sentiva stupido e imbarazzato fino al punto di passare per bellicoso, il che non era affatto. Neppure l'esperienza data dall'età gli tornava utile, in questi frangenti.

Nel piccolo salotto lo aspettava una compagnia eterogenea: una sociologa (single, un'amica di Jellie), un professore di ragioneria con la moglie («Ha visto dei cobra?»), un ricercatore in sovrappeso, con una moglie altrettanto corpulenta e una ferrea stretta di mano (il genio del torneo andata e ritorno di pallavolo). Patricia Sanchez sedeva in mezzo al divano accanto a un tizio con il quale usciva ultimamente, del servizio studenti. Dall'altra parte aveva un signore anziano, che Michael immaginò essere il padre di Jellie. C'era un caldo soffocante, peggiorato dal caminetto acceso, e tutti quanti stavano fissando lui che, in piedi sulla soglia, non osava entrare. Michael respirò profondamente e avrebbe voluto sorridere, ma non ci sarebbe riuscito neppure se gli avessero puntato una pistola.

Jimmy lo spinse per il gomito. «Conoscete tutti Michael Tillman, lavora nel mio stesso dipartimento», disse. Le voci raggiunsero disordinatamente le orecchie di Michael, che agitò brevemente una mano e consegnò a Jimmy la bottiglia di vino.

«Jellie e sua madre sono in cucina. Oh, che sciocco! Dimenticavo di presentarti il padre di Jellie, il signor Markham.»

Il signor Markham sembrava aver passato da poco la sessantina. Aveva uno sguardo vivace e una stretta vigorosa. Sorrideva. Anche Michael gli sorrise, e pensò che Leonard Markham doveva essere una brava persona, a patto di non contraddirlo mai.

Attraverso la porta aperta e il corridoio, vide Jellie muoversi in cucina. Anche lei lo vide. « Ciao, Michael! Vieni a conoscere mia madre! »

Michael andò in cucina, lasciando che gli ospiti in salotto riprendessero il filo della conversazione interrotta. Jellie si pulì le mani in un grembiule bianco con sopra stampati un grosso CIAO! e quattro tacchini dalla cresta rossa e floscia. Lo baciò sulla guancia, mormorando: « Sono felice che tu sia qui », poi lo condusse dalla signora dai capelli grigi impegnata a guarnire un piatto di rigaglie. Il bacio e la frase mormorata lo avevano colto di sorpresa, ma lui pensò che fossero dovuti allo spirito festoso della giornata.

« Mamma, ti presento il nostro amico Michael Tillman. »

Jellie assomigliava moltissimo alla madre. Eleanor Markham era una signora dall'aria austera più o meno coetanea del marito, con gli occhi grigi della figlia. « Lieta di conoscerla, Michael. Siamo così felici che Jellie e Jimmy si siano fatti tanti simpatici amici a così pochi mesi dal loro arrivo. » Guardò la figlia. « Michael è quello che va in moto, vero? » Jellie annuì. « Fa spesso viaggi lunghi sulla sua motocicletta, Michael? »

« Direi proprio di no. La uso soprattutto in città, anche se qualche volta mi sono spinto fino ai Grandi Laghi e perfino in Colorado, quando mi sento particolarmente in vena. È un vecchio catorcio, signora Markham, e se volessi farci un vero e proprio viaggio dovrei portarmi dietro un intero kit per le riparazioni. »

« Non abiti in un appartamento, Michael? » domandò Jellie, mescolando la salsa e guardandolo da sopra la spalla. « Dove la tieni la tua moto, durante l'inverno? »

«In salotto.»

Jellie rise. Sua madre, invece, si limitò a un sorriso e chiese: «Come mai in salotto, Michael?»

«Perché il bagno è troppo piccolo.»

Riuscì a far ridere anche l'austera Eleanor. «Inoltre ci posso lavorare anche quando fa freddo e, se la casa comincia a diventarmi stretta, monto in sella e... vrum, vrum! La mia gatta adora dormire sulla sella. Vivo al pianterreno di una casa molto vecchia. Ci sto da dieci anni, ormai. Nelle città universitarie è difficile trovare qualcuno che paga puntualmente l'affitto, ecco perché il proprietario chiude un occhio e mi prende per quello che sono.»

«Accidenti a questa salsa! Non vuole addensarsi!»

Avevano da fare. Michael si scusò e tornò di malavoglia in salotto, cercando di darsi una patina di socievolezza che, già lo sapeva, ben presto sarebbe caduta. Il mobilio era convenzionale, ma c'era qualche tocco originale — delle interessanti stampe postmoderne, qualche vaso, una scultura bronzea astratta alta quasi mezzo metro e una stampa in bianco e nero del famoso cavolo di Edward Weston, che doveva essere costata parecchio. Sedie vecchie e nuove. Dallo studio provenivano le note di un quintetto di Mozart.

Michael guardò ancora una volta Jellie, intenta a mescolare disperatamente la sua salsa, e cercò di decifrare quello che aveva visto sul suo viso. Una miscela di felicità e stanchezza, di soddisfazione e desiderio di qualcos'altro che non aveva. Dava l'idea di essere impegnata in una lunga corsa che si credeva obbligata a correre, ma dalla quale si sarebbe volentieri ritirata.

«Vieni qui, Michael!» disse Pat Sanchez, prendendolo per mano. Gli era sempre stata simpatica. Era uscita con la sola forza della volontà dai quartieri bassi di Los Angeles, aveva conseguito il dottorato nel Texas e, una decina di anni prima, era diventata membro della facoltà. Avevano steso insieme un paio di relazioni e, dopo aver completato la prima un venerdì sera, erano finiti nudi a ridere e bere margarita sul letto di lei. Dopo quella sera erano usciti insieme qualche volta, poi avevano lasciato perdere per mutuo, e muto, consenso. La matematica delle reti di trasporto, evidentemente, non era un argomento sufficiente a tenere in piedi una relazione sentimentale.

Lei gli presentò il suo amico, che da poco era diventato vicepresidente del servizio studenti, ma i due si erano già conosciuti nel Comitato di gestione degli studenti. L'amico di Pat aveva una certa aria dottorale, tipica di coloro che dedicano la propria vita al problema della devastazione dei dormitori e simili vandalismi che l'università continuava a tollerare. Strinse la mano di Michael e disse: «Mi ricordo di te. Eri favorevole a espellere chiunque osasse soltanto pensare di scrivere qualcosa su un muro. Che cosa dicevi esattamente? Ti citavo sempre come esempio del tipo di approccio destinato immancabilmente a fallire con gli studenti moderni».

Michael sospirò dentro di sé, poi pensò di cacciargli la testa nel caminetto, in modo che il suo cervello coagulato ricevesse dal calore qualche stimolo per riprendere a funzionare, ma lasciò perdere e si chinò su di lui, sussurrando: «Ricordo benissimo le parole esatte. 'Siamo a capo di un'università, non di un campo profughi e neppure di un ospizio per gente con le ghiandole surriscaldate. I delinquenti sono delinquenti, i teenager ubriaconi e distruttivi sono esattamente quello che sembrano, e noi dovremmo rispedire quei dannosi bastardelli dalle loro mamme, perché ciuccino ancora un po' dalle tette, oppure, se si sentono così grandi, perché trascinino le chiappe fino al più vicino posto di polizia e sporgano denuncia, se ne hanno il fegato.' Ecco che cosa ho detto. E ho detto anche che non credevo a tutte le vostre palle sulla trattazione, ma solo dopo che uno del servizio studenti mi aveva dato del fascista».

Il vicepresidente neoeletto avvampò mentre Pat premeva il viso contro il cuscino dello schienale del divano, cercando di soffocare una risata senza riuscirci. Questo raffreddò i suoi bollenti spiriti. Michael fu contento che anche lei fosse stata invitata. Si era lasciato leggermente andare con un membro dell'amministrazione centrale che evidentemente non sapeva come funzionava il mondo, e questo avrebbe potuto rovinare la festa ai Braden, cosa che lui non si sarebbe mai perdonato.

«Oh, Michael, non cambierai mai!» disse Pat, ridendo in modo irrefrenabile.

In quel momento arrivò dalla cucina Jimmy Braden, facendo tintinnare una campanella d'argento. «Signore e signori, il pranzo è servito.»

Tutti quanti si avviarono verso la sala da pranzo. Michael restò per ultimo, chiedendosi quale sarebbe stata la disposizione dei posti a tavola e se sarebbe stato abbastanza fortunato da poter guardare Jellie di tanto in tanto, meglio se spesso. Dopotutto era per questo che era venuto, non certo per indottrinare un pivello dell'amministrazione.

C'era un segnaposto con il nome accanto a ogni piatto, ma lui lasciò che ciascuno trovasse il proprio per poi sedersi sull'ultima sedia vuota. Sembrava che i posti fossero stati assegnati a caso, ma conosceva Jellie troppo bene per dubitare che si fosse fatto, a monte della disposizione degli ospiti intorno alla tavola, uno studio approfondito, volto a tenere lontane alcune persone dai propri mariti o fidanzati o mogli per metterle vicine ad altre in particolare. Ci sarebbe stato, insomma, un mixaggio perfetto, intorno al tacchino. Michael guardò gli invitati occupare a una a una tutte le sedie. Jellie incontrò il suo sguardo e gli indicò il secondo posto a partire da capotavola, verso la cucina. Lui si avvicinò e lesse quanto era scritto sul cartoncino: POSSIBILE FUTURO PRESIDE. La calligrafia era quella di Jellie. Il segnaposto accanto portava il nome di lei.

James Lee Braden III tagliò il tacchino, la madre di Jellie versò da bere, Jellie correva avanti e indietro dalla cucina e tutti gli altri dissero un mucchio d'insulsaggini. Michael guardava Jellie muoversi, pensando per la prima volta a qualcos'altro oltre all'ibisco e alla cascata delle Seychelles, e cioè che forse le vecchie teorie evoluzionistiche contemplavano qualche passo di cui lui era stato finora all'oscuro. L'attrazione fisica che provava per lei si andava lentamente fondendo con sentimenti più nobili e profondi, svolta del tutto imprevista. Questo lo rese inspiegabilmente triste. Triste per lei, per se stesso, per Jimmy, e per dove tutto questo li avrebbe portati, o più probabilmente non li avrebbe portati. Il mantra stava cominciando a stonare. Certe cose era meglio lasciarle perdere, pensò. Lui, e forse anche Jellie, si stavano avventurando in luoghi pericolosi dai quali sarebbe stato meglio restare alla larga, luoghi innocui solo all'apparenza. Per un attimo ebbe voglia di fuggire, di saltare sulla Shadow e andare ovunque, purché fosse lontano. Ovunque ci fossero un sole caldo e una vita semplice.

La grande danza del tacchino si protrasse per quasi due ore. Vino e ancora vino, cibo e ancora cibo. Eleanor Markham raccontò un episodio divertente dell'infanzia di Jellie e tutti quanti risero, sua figlia per prima.

La sociologa alla destra di Michael gli narrò la propria vita, toccandogli leggermente il braccio ogni volta che le sembrava di essere giunta a un momento cruciale. Questo lo fece sentire intrappolato e lo mise di cattivo umore, in quanto era costretto dalle circostanze a mostrarsi educato e, mentre discorreva con questa esperta del contributo femminile ai primi anni della vita di frontiera americana, non poteva seguire con la coda dell'occhio Jellie.

Qualcuno menzionò l'incontro di football in programma quel pomeriggio tra Dallas e Seattle. Il fanatico di sport del settore ricerca uscì allo scoperto e cominciò a citare lanci famosi, insieme con altre frivolezze capaci solo d'ingombrare la mente delle persone, impedendo loro di riflettere su ciò che realmente conta. La madre di Jellie stava raccontando alla figlia le ultime novità riguardanti le sue ex compagne di scuola.

Jellie tagliava il tacchino — erano ore, forse non aveva fatto altro per tutta la vita. Il padre di Jellie stava parlando con il vicepresidente del servizio studenti della pesca alla trota nel Connecticut. E la sociologa alla destra di Michael gli stava chiedendo se fosse mai stato a una conferenza-concerto, perché le toccava sempre andarci da sola, ma era una cosa che non le piaceva. Lui rispose che non c'era mai andato perché aveva il sospetto che sul palco ci fosse sempre la stessa persona — un « giovane emergente » violinista coreano che eseguiva impeccabilmente spartiti imparati a memoria. La sociologa però non era antipatica, era soltanto sola, come tutti quanti siamo o siamo stati nella nostra vita, e Michael continuò a mostrarsi interessato alle conferenze, ai concerti, alle donne di frontiera, sentendo almeno un paio di volte l'anca di Jellie contro la spalla mentre lei si alzava per correre in cucina a prendere qualcosa.

Il ricercatore stava ancora parlando della partita che sarebbe stata trasmessa tra meno di tre quarti d'ora e disse senza mezzi termini di volerla guardare, sempre che questo non offendesse nessuno. Diversi altri dissero (in maniera ovviamente meno diretta) che anche a loro sarebbe piaciuto guardare quello scontro tra giovani di colore delle coste opposte che si sarebbe consumato sulle pianure del Texas, così fu deciso che di lì a poco qualcuno avrebbe acceso il televisore. La sociologa allineò i bicchieri e disse a Michael: « Tutta questa attenzione per lo sport è soltanto un complotto capitalista per tenere occupate le masse, non credi? »

Lui, a dire il vero, non voleva neppure pensarci. Non voleva pensare a nulla, eccetto alla prossima volta che l'anca di Jellie avrebbe sfiorato la sua spalla. Ma annuì e disse: « Probabilmente hai ragione. D'altra parte, è un modo per impedire che il proletariato se ne vada in giro a rubare coprimozzi o pompe di bicicletta ». Dopo un attimo lei spostò la propria attenzione sulla moglie del professore di ragioneria.

Durante una pausa, mentre l'esperto di sport si bagnava la gola e spargeva perle di saggezza rubate di peso a *Sports Illustrated*, Jim Braden si rivolse a Michael dicendo: « Anche tu eri un atleta, se non sbaglio. Deve avermelo detto qualcuno ».

« Davvero, Michael? » saltò su Jellie. « Perché non ce l'hai mai detto? »

Intrappolato. Sperò che l'argomento cadesse da sé, ma non avvenne. Il padre di Jellie sembrava molto interessato. « Che sport praticava, Michael? » Il ricercatore, che non avrebbe saputo neppure come indossare un sospensorio, restò con una forchettata di tacchino a mezz'aria, visibilmente sorpreso, poiché era raro che Michael parlasse del suo passato sportivo.

Tutti quanti lo stavano guardando, in particolare la sociologa, come se all'improvviso avesse scoperto il vero motivo per cui lui non andava alle conferenze-concerto e per la ragione del suo aspetto vagamente barbaro. Non c'era nessun posto in cui fuggire. Michael avrebbe volentieri continuato a cercare una via di fuga, ma Jellie si fece insistente: « Raccontaci tutto, dai! » Sembrava sinceramente interessata, e mai e poi mai lui avrebbe potuto deluderla.

Bevve un sorso di vino e cominciò. « Cercherò di essere breve. Sono nato e cresciuto in una cittadina del South Dakota... »

« Quale? » lo interruppe la moglie del professore di ragioneria.

« Custer, sulle Black Hills, a poche miglia da Rapid City. »

« Bei posti, vero? » La mente della signora era come una cartaccia trasportata dal vento: stava già passando all'argomento geografia e viaggi.

La sociologa se ne uscì con un tocco sinistro: « È dove rubarono la terra ai nativi americani nel diciannovesimo secolo ».

« Sì, bei posti », rispose Michael, « anche se, sfortunatamente, la casa dei miei genitori sorgeva proprio su un appezzamento rubato ai sioux Lakota. » Attese altre domande sulla regione della sua infanzia, ma fu risparmiato. « Arrivato all'ottava classe ero già nauseato dalla scuola e dalla vita di provincia in generale, così cominciai a giocare a pallacanestro nei parchi cittadini. Mio padre, vedendo questa mia nuova passione, mi montò un canestro in giardino e qualche tempo dopo, cominciando a interessarsi anche lui alla cosa, installò un lampione, in modo che potessi allenarmi anche la sera. Sembravo portato soprattutto per centrare il cesto, e saltavo come una cavalletta. Il mio allenatore del liceo aveva giocato per la squadra universitaria di Wichita e mandò i filmati di qualcuna delle mie migliori partite. Mi offrirono una borsa di studio, che per me rappresentava l'unico modo per arrivare all'università. Giocai con loro per tre anni e mezzo, poi mi feci male a un ginocchio. E tutto finì lì. » Bevve un altro sorso di vino e aspettò che il suo pubblico passasse ad argomenti di maggiore importanza, ma sembravano decisi a torchiarlo.

« In che ruolo giocavi, Michael? »

« Difensore. »

« Quanto sei alto? Un metro e novanta? »

« Uno e ottantasette, in calzini. »

« Eri un All-American o che cosa? »

« Il primo anno ho giocato nella All-Missouri Valley Conference Team. »

Jellie gli coprì la mano con la propria. «Allora eri un campione!»

Michael non riuscì a capire se fosse sincera o vagamente ironica. Sperò nella seconda ipotesi e decise che si trattava senz'altro di sarcasmo, misto forse a un poco di sincera ammirazione. «Non mi sono mai sentito tale. Mi stavo solo guadagnando vitto e alloggio, libri e retta scolastica.»

«Scommetto che i tuoi genitori erano molto fieri di te. Non hai mai pensato di passare al professionismo?» Il ricercatore aveva trovato un veterano delle guerre che non contano nulla, proprio attorno a quella tavola. Non stava più nella pelle.

«Mio padre appiccicava ritagli del *Wichita Eagle* per tutta la nostra stazione di servizio Texaco. Mia madre, invece, si preoccupava di più dei miei voti. Era convinta che lo sport fosse un modo alquanto stupido di passare il tempo.»

Il ricercatore rimase perplesso. Gli sembrava impossibile che una madre non amasse suo figlio abbastanza per gioire dei suoi exploit in calzoncini corti sotto le luci di centinaia di palazzetti dello sport durante i suoi anni di formazione ed era dispiaciuto per Michael, che reputava vittima di un grande torto.

«Quanto al professionismo, non m'interessava. Inoltre non ero abbastanza scattante per le grandi leghe. Loro non mi hanno mai cercato e, se lo avessero fatto, forse non mi sarei fatto trovare.»

«Non le manca lo sport, Michael?» domandò la madre di Jellie.

«No, signora Markham. Dico sul serio. Anzi, non vedevo l'ora di smettere, per poter andare avanti a vivere. Durante il secondo anno di università mi resi improvvisamente conto che giocare a basket non mi piaceva, non mi era mai piaciuto. Apprezzavo l'arte e il gesto di schiacciare la palla nel canestro, ma ci tenevo di più a fare canestro nella vita. Mi sentivo strumento in un gioco da ragazzi e da allora non ho mai più toccato un pallone da basket. Sono passati vent'anni.»

«Questo è un punto di vista molto interessante», interloquì Jellie. «L'arte e il gesto di schiacciare la palla nel canestro erano le uniche cose che contassero per te. Dovresti scrivere un saggio su questa cosa, Michael.»

Se in quel momento gli avesse toccato di nuovo la mano, lui avrebbe scritto un saggio sul suo tacchino ripieno. Ma lei non lo fece, e cambiò argomento elencando i dessert a disposizione. Michael scelse torta all'uva con panna acida. Jellie l'aveva preparata seguendo una ricetta della madre e doveva essere la fine del mondo.

Davanti al caffè e al brandy, qualcuno le chiese l'origine del suo nome. I suoi genitori risero e Jellie disse che toccava a sua madre, stavolta, raccontare com'era andata.

«Quando Jellie aveva sette anni, ingrassò all'improvviso e rimase così, rotondetta, per qualche mese. Suo padre le diceva che assomigliava a un barattolo di gelatina di frutta. I bambini del vicinato lo sentirono e cominciarono a chiamarla Jelly-Belly. Ogni volta che usciva a giocare con loro, Jellie tornava piangendo. Leonard smise immediatamente di usare quel nomignolo e si sentì in colpa per aver dato il cattivo esempio agli amici di nostra figlia, ma quelli non volevano smettere di tormentarla.»

«Ma mamma mi salvò», intervenne Jellie. «Mi convinse che il mio soprannome si scriveva con una *ie* finale, e non con una *y*, che aveva origini francesi e si pronunciava con la *J* e l'accento sulla *i*. Noi, però, avremmo usato la pronuncia americana. L'idea mi piacque e cominciai ad andare orgogliosa del mio nuovo nome. Ormai tutti quanti mi chiamavano così, e da allora nessuno ha smesso.»

«Come ti chiami veramente?»

Per amor del cielo, pensò Michael, guardando il professore di ragioneria che era stato tanto ottuso da porre la domanda. Se volesse dirlo, lo avrebbe già fatto.

«Non lo dico mai.» Jellie rise. «Jimmy, versa dell'altro brandy. Io vado a preparare del caffè.» Questo diede modo ai tifosi di farsi strada verso il televisore. «Questo si chiama un lancio, signori!»

La sociologa aveva dei compiti da correggere, Pat Sanchez e il suo bello decisero di fare una passeggiata. Jellie e sua madre stavano mettendo ordine in cucina. Michael uscì a fumare e, quando rientrò, gli altri stavano tutti guardando la televisione, a eccezione di Jellie e dei suoi genitori. Michael si sedette in sala da pranzo con il signor Markham e gli fece alcune domande sulla pesca alla trota, dicendo che un tempo anche lui andava a pescare, ogni tanto, quando ancora abitava sulle Black Hills. Leonard Markham sapeva parlare di ciò che gli interessava, e diede un giusto ammontare d'informazioni senza annoiarlo. Se non fosse diventato un fabbricante di scatole di cartone, sarebbe stato un ottimo insegnante, pensò Michael. Provava molta simpatia per quell'uomo.

Più tardi Jellie e sua madre si unirono a loro intorno

al tavolo. Jellie prese posto di fronte a Michael. Era proprio per questo che aveva accettato l'invito: per poter guardare Jellie Markham Braden in una fredda giornata autunnale dell'anno 1980. Doveva stare attento, però, perché un paio di volte la madre di lei lo sorprese a fissare la figlia come non avrebbe dovuto. E le madri conoscono i pensieri nascosti degli uomini, particolarmente quando riguardano direttamente le loro figlie.

Cercando un argomento di cui parlare, Michael nominò l'India e vide Eleanor Markham rabbuiarsi, anche se solo impercettibilmente. Jellie cambiò immediatamente discorso. Era la seconda volta che gli faceva sospettare qualcosa di strano nei suoi trascorsi indiani. Sembrava riluttante a parlarne. Finora gli aveva detto solo di essere stata in India per tre anni, e niente altro.

A quell'epoca, Michael sopportava di restare vicino a Jellie solo per periodi di tempo relativamente brevi. I suoi sentimenti per lei erano troppo forti, e crescevano d'intensità di minuto in minuto. C'era pericolo che Michael se ne uscisse con qualche frase ovvia o stupida, con qualche osservazione che poteva insospettire Jimmy, o peggio Jellie stessa, facendo loro sospettare quello che provava. Voleva continuare a vederla, a starle vicino, senza dare nell'occhio più di quanto già non facesse. Così, verso le sei, si scusò dicendo che doveva andare a casa a dare da mangiare ai suoi animali.

Jellie si strinse nelle braccia e rabbrividì sulla porta di casa. «Grazie ancora per essere venuto, Michael. Lo so che queste feste non sono nel tuo stile, ma volevo che i miei genitori ti conoscessero. Sei diverso dalle persone che loro frequentano di solito e... No, non mi sto spiegando bene. Non volevo dire che sei un pezzo più unico che raro. Però sei diverso, ecco. Mio padre poco fa mi ha detto che gli piaci. Le sue parole esatte sono state: 'Quel Tillman ha della fibra'. Ero certa che gli saresti piaciuto.»

Michael capì che cosa Jellie intendeva dire. «Anche lui mi piace. Grazie per avermi invitato. Ti sembrerà strano, ma mi sono divertito.» Non poté fare a meno, prima di andarsene, di fissarla per un breve istante. Avrebbe voluto abbracciarla e sussurrarle all'orecchio: «Non rientrare in casa, Jelly-Belly. Vieni via con me. Ti bacerò sulla bocca e sui seni, e in tutti i posti più morbidi, ti farò a pezzi e poi ti rimetterò insieme. E dopo partiremo insieme. Andremo lontano, non importa dove».

Jellie rimase a sua volta a guardarlo per almeno cinque secondi, serissima. Non lo aveva mai guardato in quel modo, prima: sembrava che gli stesse leggendo nel pensiero. Non disse nulla. Dopo quei pochi attimi, abbassò lo sguardo e sorrise brevemente prima di rientrare.

Un anno più tardi Michael lasciava Madurai diretto verso l'India sud-occidentale, alla ricerca di lei. L'autista sapeva solo poche parole d'inglese, quindi procedevano in silenzio, a parte il frastuono del vento che entrava dai finestrini abbassati. Dopo trenta chilometri l'indiano si fermò, si avvicinò a un tempietto lungo il ciglio della strada e lasciò alcune monete. «Spiriti maligni», disse, rimontando in auto. «Cattivi.» Ingranò la marcia e lanciò un'occhiata in direzione del tempietto.

A Virudunagar l'autista fece colazione e bucò una gomma. A quanto pareva, l'omaggio agli spiriti maligni non era stato sufficiente. La gomma di scorta era pure forata, quindi si dovette cercare un garage nei vicoli della cittadina. Dopo la contrattazione obbligatoria sul prezzo, la ruota venne fatta rotolare in negozio e riparata con una pezza applicata a freddo. Durerà almeno per altri cinquanta chilometri, calcolò Michael. La sosta a Virudunagar aveva richiesto quasi due ore.

Michael si rilassò contro il sedile di vinile e guardò i villaggi e la campagna scorrere davanti ai suoi occhi. Nei pressi di Rajapalaiyam l'autista rallentò e si fermò al centro di un ponte che attraversava un fiume largo e poco profondo. Davanti a loro una donna sospingeva uno stuolo di oche. Sulle rive sabbiose sotto il ponte altre donne, con le gonne rimboccate, stavano facendo il bucato, sollevando la biancheria sopra la testa e sbattendola contro le rocce.

Le oche ce l'avevano quasi fatta, ma erano lentissime. Troppo, per l'autista, che strombazzò. La donna che accudiva i volatili si girò e lanciò loro un'occhiata truce. Solo i ricchi viaggiavano in auto, ma lei non si sarebbe lasciata intimidire. Nei villaggi indiani la vita scorre placidamente. Solo i ricchi che vengono da lontano hanno fretta.

Una donna stava venendo loro incontro lungo il ponte. Indossava un sari strappato di stoffa scadente, portava anelli alle dita dei piedi e un carico di legna sulla testa. Una mano era sollevata per bilanciare il carico, l'altra penzolava lungo il corpo, facendo tintinnare i braccialetti al polso. Era di una bellezza da lasciare senza fiato. Sarebbe stata considerata stupenda in qualunque parte del mondo, come un tempo la Bardot. Guardò Michael attraverso il finestrino aperto e lui non poté trattenersi dal sorriderle, forse nella speranza di strappare anche a lei un sorriso. La donna parve sul punto di accontentarlo, ma poi ci ripensò e, girata di scatto la testa, passò accanto all'auto guardando fisso davanti a sé.

Michael si sporse e vide i Ghat Occidentali in lontananza. Da qualche parte tra quelle montagne c'era Jellie, nelle vicinanze di un posto chiamato Thekkady, o almeno così lui sperava. Che cosa stesse facendo, questo Michael non lo sapeva, e non era ancora sicuro di volerlo scoprire.

Tra un'ora sarebbero stati alle pendici delle montagne, dove la strada, percorsa dai grandi autobus indiani che chiedevano la precedenza senza lasciare scelta, cominciava a salire in stretti tornanti. Faceva già più fresco. Verso i mille metri avrebbero incontrato i pini. Michael non sapeva che, quindici anni prima, Jellie aveva camminato terrorizzata lungo quella stessa strada. Si faceva chiamare con un altro nome, allora.

5

Dopo quel primo Ringraziamento a Cedar Bend, Jellie non passò a trovare Michael in ufficio per quasi quindici giorni. Visto che prima lei si fermava per un caffè e una sigaretta almeno una volta la settimana, Michael si convinse di aver rovinato tutto. Jellie, e forse non solo lei, si erano accorti dei suoi sentimenti e lei aveva deciso di affossare qualunque sua speranza prima ancora che avesse modo di accendersi.

Quando Jimmy Braden bussò, chiedendogli se poteva parlargli, Michael si convinse che Jellie gli avesse manifestato i propri sospetti. Rimase seduto in attesa del colpo, in attesa che Jimmy gli spiegasse che sua moglie si era sentita a disagio, quando lui l'aveva guardata in quel modo, e che non sarebbe più passata a trovarlo, né tantomeno lo avrebbero invitato per il prossimo Ringraziamento.

Ma Jimmy non era venuto per questo. Le notizie che portava erano, in un certo senso, peggiori. Si sarebbe trasferito a Londra per il semestre primaverile e Jellie lo avrebbe accompagnato. Aveva fatto domanda per una visita d'insegnamento in Gran Bretagna l'anno precedente. Il suo modulo era rimasto sepolto sulla scrivania di qualche impiegato impastoiato nella lenta burocrazia inglese, ma finalmente era stato dissotterrato. All'ultimo minuto, però. Adesso Jimmy stava disperatamente cercando dei colleghi disposti ad accollarsi le sue ore per coprire la sua assenza.

Michael ebbe una stretta allo stomaco alla sola idea di non vedere Jellie per tanto tempo. I suoi capelli sarebbero stati agitati dal vento gelido del Mare del Nord, la sua risata si sarebbe persa nelle strade londinesi. Lei sarebbe andata a teatro e non avrebbe mai pensato a lui, anche perché non ne aveva motivo. Pensieri da egocentrico, se ne rendeva conto, ma si riprese prontamente e assicurò a Jimmy che avrebbe tenuto personalmente il suo corso introduttivo in econometria, oppure avrebbe trovato un allievo della scuola di perfezionamento in grado di cavarsela da sé. Jimmy promise di restituirgli il piacere alla prima occasione, e Michael era sicuro che lo avrebbe fatto.

«Non so come ringraziarti, Michael. Con questo posso partire tranquillo. Abbiamo l'aereo tra dieci giorni, subito dopo la fine del semestre, e torneremo in agosto. Approfitteremo del fatto di essere già in Europa per viaggiare un po'.»

Jellie in Scozia. Jellie alle corse dei cavalli, Jellie a Parigi... Jellie dove lui non avrebbe potuto vederla. Un'ora più tardi lei bussò alla sua porta. «Ciao, motociclista. Come va la guerra?»

«Sto per vincerla, Jellie. Frusterò gli studenti attraverso quel che resta di dicembre e, tra meno di due settimane, la vittoria sarà mia.» Lei restò sulla porta invece di entrare e di lasciarsi cadere sulla poltrona, come faceva di solito.

« Scusa se non sono venuta prima. Dovevo preparare gli esami. Jim mi ha detto che ti ha appena parlato del nostro viaggio a Londra. Nel giro di questi dieci giorni devo trovare qualcuno che s'incarichi di sorvegliare la casa e pagare le bollette, e in più devo sistemare le cose in banca. Corro come una pazza dalla mattina alla sera. Che cosa farai durante le vacanze? Hai progetti? »

« Direi proprio di no. Fa troppo freddo per rispolverare la moto e andare da qualche parte. Probabilmente cercherò di finire la mia relazione sulla comparazione delle strutture complesse, in modo da poterla presentare alle riunioni del prossimo autunno. Farò la mia visita trimestrale al barbiere e, per Natale, passerò qualche giorno con mia madre a Custer. Per il resto guarderò scendere la neve, ascolterò i nastri di Miles Davis che ho ordinato e preparerò le lezioni che terrò al posto di Jim. Sai, i miei appunti sulla sua materia sono leggermente ingialliti. Passerà in fretta, come sempre. » Michael avrebbe voluto aggiungere che avrebbe pensato a lei in ogni minuto libero, ma si trattenne.

« Mi sembra una vacanza un po' misera. Non hai nessun desiderio speciale, per Natale? »

Lui scrutò per un attimo il soffitto, cercando di scacciare la paura del vuoto che lo aspettava durante le vacanze natalizie. Ce l'aveva eccome, un desiderio, ma non poteva parlarne. Si riprese e si mise più comodo nella sua poltroncina, intrecciando le dita dietro la testa e costringendosi a sorridere. « Be', mi piacerebbe ricevere in regalo una cintura di pelle con scritto dietro ORVILLE. A Custer c'era un ragazzo che ne aveva una così, e da bambino mi sembrava il massimo.»

Anche Jellie sorrise. «Tra tutte le persone che conosco, Michael, solo tu potevi esprimere un desiderio simile! Sei quasi surreale.»

«La vita lo è. Tranne per Orville. Lui non si preoccupava di certe cose. Guidava il suo trattore e fischiettava.»

«Secondo me Orville aveva trovato tutte le soluzioni. Mi piacerebbe sentirti parlare un po' di lui, ma devo proprio scappare. Cercherò di passare ancora, prima di partire. Riguardati, Michael, e salutami Orville, se lo vedi. Chiedigli se non sarebbe disposto a scrivere un trattato di sopravvivenza per il resto dell'umanità.»

Lui guardò i jeans di Jellie allontanarsi e sparire nel corridoio, poi si alzò e andò alla porta per poterla seguire ancora un poco con gli occhi. Lei si voltò, a un certo punto, quasi avesse sentito addosso il suo sguardo, e agitò la mano un'ultima volta, prima di svoltare l'angolo diretta nell'ufficio del solido, capace Jimmy Braden.

Michael la incontrò la settimana seguente in un piccolo centro commerciale vicino al campus. Bevvero un caffè da *Beano's*, seduti in un séparé in pieno pomeriggio. Jellie aveva dato gli esami e i preparativi per la partenza erano a buon punto, quindi sembrava più rilassata, stavolta, meno ansiosa di andarsene. Indossava una delle sue tenute invernali standard: jeans, maglia di lana con maniche lunghe sotto la camicia di flanella, cappotto lungo.

Lui si appoggiò al muro, un piede sulla panca, e guardò i vecchi poster con i grandi avvenimenti del campus appesi alle pareti. Gli studenti — quelli che avevano già finito gli esami, e quelli che dovevano ancora darne — bevevano birra. Due attivisti gay del dipartimento di filosofia giocavano a scacchi al tavolo vicino.

Jellie gli domandò se avesse da suggerire qualche ristorante londinese. Michael le spiegò che, a parte qualche breve incursione tra un volo e l'altro, quello che meglio conosceva della città erano Heathrow e le coincidenze per l'America e il resto del mondo. I suoi gusti erano solleticati da società assai meno organizzate di quelle occidentali e i suoi viaggi lo avevano portato perlopiù nell'Asia sud-orientale. Preferì non parlare a Jellie delle donne di Bangkok, con i loro capelli lucenti e i modi sottomessi. Guardò invece l'orologio e, cominciando a prepararsi, annunciò che tra ventidue minuti sarebbe iniziato l'ultimo esame dei suoi studenti.

«Michael, mi mancheranno le nostre chiacchierate davanti al caffè e mi mancherai *tu*, dico sul serio.»

Lui la fissò per un istante interminabile. Per la prima volta non gliene importava nulla di quello che lei o chiunque altro potesse pensare delle sue occhiate languide.

Jellie inspirò profondamente e fece per dire qualcosa, poi s'interruppe brevemente prima di continuare, incerta. «Non vorrei proprio parlartene adesso, ma...»

Le mani di Michael tremavano e lui le tenne nascoste sotto il tavolo, dove lei non poteva vederle. Sentiva guizzare un muscolo sotto l'occhio sinistro. Nella vita di chiunque di noi ci sono momenti in cui le cose prendono un nuovo corso. Stava accadendo adesso.

«Che cosa stai cercando di dirmi, Jellie? Di che cosa non mi vuoi parlare?»

«Quello che sto tentando di dirti è che... che... non sentirò la tua mancanza e basta. La sentirò *moltissimo*. So più di quel che pensi su quello che provi... su quello che sento io... Oh, Dio mio, sono così confusa!»

Michael arrestò il tremito delle proprie mani e ne allungò una verso quelle di Jellie. Lei gli andò incontro con la propria e lui coprì con la seconda mano il cumulo che si stava formando sul tavolo. «Coraggio, Jellie. Di' quello che hai da dire. Voglio saperlo, di qualunque cosa si tratti.»

«Michael, forse ti sembrerò sfacciata. Se mi sono sbagliata, promettimi che dimenticherai tutto.»

«Prometto.»

Lei aggiunse la quarta mano a quelle ammonticchiate sul tavolo e le fissò, schiarendosi la gola. «Dietro tutte le nostre risate e chiacchierate c'è dell'altro, vero?»

Lui la guardò in silenzio. Jellie dominava la scena, in quel momento, e lui non voleva impallarla. Voleva che finisse di parlare, che confessasse i suoi dubbi. Nel bene o nel male, era ora che tutto questo accadesse. Una cameriera diretta in cucina lasciò cadere una pila di piatti e tutte le teste, tranne due, si voltarono in quella direzione. Michael vedeva la lancetta dei minuti sul suo orologio procedere implacabile. Tra un quarto d'ora doveva trovarsi dall'altra parte del campus.

«Insomma, c'è qualcosa, vero? C'è qualcosa, voglio dire... tra noi?» Jellie gli strinse forte le mani.

Michael annuì.

«È cominciato tutto alla festa del preside in agosto, non è così?»

Lui annuì ancora, e parlò direttamente dal cuore. «Sei entrata dalla porta e dentro di me è iniziata una canzone. Adesso la canzone si è trasformata in un coro d'opera che non riesco a interrompere.»

«Oh, Michael, Michael...» Jellie guardò il pavimento, poi il soffitto. Dodici minuti all'esame. Michael non si mosse. L'ultima mosca di un'estate ormai passata, sopravvissuta solo grazie all'abbondanza di *Beano's*, atterrò sulla sua tazza di caffè e si mise a camminare in tondo sull'orlo.

«Mia madre se n'è accorta, il giorno del Ringraziamento. Ha visto come mi guardavi, e forse come ti guardavo io. No, questo non è essere sinceri. Io ti guardavo esattamente come tu guardavi me. Mentre lavavamo i piatti in cucina, mi ha detto di stare attenta, molto attenta.»

Le due e quarantanove. Il locale si stava svuotando mentre almeno metà degli avventori uscivano per andare a sostenere gli esami delle tre. «Michael, forse tutto si sistemerà mentre io sono via. Dev'essere per forza così, vero?»

Lui non rispose, si strinse nelle spalle e le sorrise.

Jellie si alzò e infilò il cappotto. «Mi sento come una scolaretta.» Guardò Michael. «Sono contenta di avertene parlato, sai? E sono contenta di quello che mi hai risposto, e di come ti sei comportato in tutti questi mesi. Ti piace credere di essere un poco rozzo, ma in realtà sei la persona più cortese che abbia mai conosciuto. Sei un uomo eccezionale, Michael Tillman, attraente, gentile e tutto il resto. È mai possibile che tu non abbia trovato una donna tutta per te? Qualcuna che non sia...» Non pronunciò la parola *sposata*, non ne ebbe la forza, anche se a lui avrebbe fatto bene sentirla, e lasciò la frase in sospeso.

«Capisco quello che intendi dire. Chi lo sa perché non l'ho ancora trovata? Invece ho trovato te.» Michael prese la giacca e scivolò fuori dal séparé. Si sentiva disorientato. La distanza che lo separava dal prossimo agosto poteva essere misurata solo in anni luce.

Lei gli si fece vicina e lo baciò sulla guancia. «Vai piano in motocicletta. Ti manderò una cartolina.» Poi se ne andò, facendosi strada tra i tavolini di *Beano's* fino all'uscita.

Lui lasciò due dollari di mancia sul tavolo e attraversò di corsa il campus, i piedi sul marciapiede, la testa e il cuore su un altro pianeta. Oltre il ruscello, intorno allo stagno delle anatre, per arrivare con un solo minuto di ritardo in aula, dove avrebbe interrogato i suoi studenti.

6

I Braden partirono per l'Inghilterra il 20 dicembre, lo stesso giorno in cui Michael finì di correggere gli scritti. La depressione dovuta alla partenza di Jellie fu momentaneamente allontanata da alcune performance di notevole interesse tra gli studenti dei corsi di analisi decisionale e metodi quantitativi. Si era aspettato uno standard alto dagli allievi della scuola di perfezionamento, ma gli studenti non laureati si erano dimostrati in qualche caso superiori a quelli laureati, sorprendendolo e riempiendolo di soddisfazione.

La vecchia Shadow aspettava, in salotto, l'intervento della chiave inglese e un tempo migliore. Michael ammucchiò gli scritti sulla sella e accese il computer, che divideva la scrivania con alcuni attrezzi sporchi di grasso e diverse tazzine di caffè non lavate. Pigiò qualche tasto e chiamò il programma che aveva denominato GradeCalc. Inserì i voti, GradeCalc li masticò per trenta secondi e gli restituì il pasto digerito, sotto forma di curve, deviazioni standard e tutti gli altri dati che lui tendeva immancabilmente, nell'assegnare i voti, a ignorare.

Due ore più tardi, il tabulato completo di copertina fitta d'istruzioni che avrebbero fatto venire l'indigestione anche a un calcolatore elettronico industriale — istruzioni che Michael trascurava di leggere da quindici anni e, a quanto sembrava, non avrebbe mai avuto bisogno di leggere, in quanto nessuno fino a quel momento si era lamentato — era pronto e firmato. Gli restavano venti minuti per consegnare i voti prima che la segreteria chiudesse, alle quattro e mezzo. S'infilò il cappotto e uscì.

Ecco fatto. Adesso sarebbe stato libero per un mese. Era il quindicesimo anno che trascorreva in quel modo, e ne mancavano altri venti alla pensione, a meno che il preside non riuscisse a provare la sua incompetenza, cosa impossibile, o lo accusasse di turpitudine morale, cosa che non avrebbe mai fatto perché, se avesse osato dare un giro di vite in questo senso, l'intera università, tranne forse il dipartimento di ragioneria, sarebbe uscita dai gangheri. Stare alla larga dalle studentesse — questa era la prima regola di sopravvivenza, enunciata in modo insuperabile dal precedente preside, un vecchietto che aveva assunto Michael appena terminata la scuola di perfezionamento. Molto prima che le molestie sessuali diventassero pane quotidiano, il vecchio preside aveva tenuto ai giovani membri di facoltà, solo ai maschi, s'intende, un discorso che era rimasto famoso, e che diceva più o meno così:

Signori, so bene che siete tutti adulti, ma lasciate che vi ricordi alcune cose. Buona parte delle vostre studentesse sono ragazze del Midwest che più tradizionali non si può, di quelle che si aspettano di portarvi a casa a conoscere mamma e papà il fine settimana seguente la vostra seduta di ginnastica da letto, e di spedire subito dopo gli annunci di nozze. Non credete all'aria sofisticata che cercano di assumere quando si trovano in vostra presenza. Le studentesse portano solo guai, e *grossi*. I loro coetanei sono un branco di scimmie e agli occhi delle ragazze voi apparirete come degli uomini di mondo, esperti e raffinati. Anche loro vi piaceranno, è inevitabile. Alcune si siederanno in prima fila indossando minigonne da vertigine con il paradiso che ammicca nella vostra direzione. Avrete molte opportunità di spassarvela tra le lenzuola, ma lasciate perdere almeno fino a quando la ragazza in questione non frequenta più i vostri corsi, e vi consiglio vivamente di starle alla larga anche dopo. Ho già abbastanza problemi con le fanciulle in lacrime che vengono da me a lamentarsi perché avete discriminato contro di loro nel dare i voti a causa di malintesi nati per quisquilie preconiugali. In altre parole, datemi anche voi di questi problemi e vi concerò in maniera tale che non riuscirete mai più a trovare un posto in nessuna università di questo paese.

Era stato un discorso su come evitare i guai, non certo su come sviluppare la propria sensibilità verso le donne. Michael era sicuro che questa seconda possibilità non aveva neppure sfiorato la mente del vecchio preside, essendo la facoltà composta per il novanta per cento da maschi.

Detto ciò, il preside aveva raccontato loro quell'aneddoto che faceva parte ormai da venticinque anni della mitologia universitaria. Un insegnante di russo era nel suo ufficio quando entrò una studentessa. Lui le fece segno di sedersi e disse che sarebbe stato da lei tra un minuto, perché prima voleva finire di scrivere qualcosa che aveva sulla scrivania. Quando alzò gli occhi, la ragazza era in piedi nuda davanti a lui, con la porta chiusa. Le implicazioni erano molteplici, ma il nocciolo era: Fammi passare l'esame, altrimenti mi metto a gridare.

Sei capace di restare freddo anche sotto pressione? O, per essere più espliciti, hai le palle? Il professore di russo le aveva. Con le sue doti, avrebbe potuto diventare neurochirurgo o entrare in un commando spaziale. Si alzò, spalancò la porta e uscì in corridoio. Quando fu nel mezzo, indicò la ragazza all'interno dell'ufficio e, nel suo inglese, pesantemente accentato, gridò: « Fuori di qui! Immediatamente! » I passanti poterono godersi un ragionevole scorcio del giovane e armonioso corpo della studentessa (questo faceva parte della saga anche se, come aveva notato Michael, ogni volta che la storia veniva ripetuta gli attributi della ragazza aumentavano di volume, fino a raggiungere proporzioni amazzoniche. Insomma, un corpo che si riempiva e migliorava con l'età).

Si era sempre chiesto quale fosse la morale di questa favola, in quanto non era mai stato chiarito se tra il professore di russo e la studentessa ci fosse stata una relazione. Comunque, dopo aver raccontato l'aneddoto, l'ex preside aveva spedito fuori del suo ufficio i membri della facoltà, lasciandoli con queste due regole da seguire se non volevano cadere preda della loro stessa turpitudine morale: Tieni i pantaloni abbottonati e la porta dell'ufficio aperta.

Due terzi dei presenti al discorso avevano seguito i consigli del preside. Il terzo rimanente si era falciato un sentiero, come un'imballatrice agricola, attraverso il campo di spighe delle studentesse senza subire nessuna conseguenza, anche perché chi spia da una casa di vetro non ha interesse a lanciare per primo il sasso dell'accusa contro altri. Michael aveva lasciato in pace le sue allieve, perché non le trovava attraenti. Troppo giovani, troppo ingenue. E poi che cosa puoi dire a una di loro al mattino? «Chi hai la prima ora?» Ma via.

Insomma, i voti erano consegnati e Michael sarebbe stato libero fino al 17 gennaio, quando avrebbe dovuto ricominciare tutto daccapo. Percorse i corridoi dell'amministrazione, ammirando i pavimenti di rovere tirati a cera, inalando i vapori del potere incompetente esalati dai muri, oppure filtrati da sotto le porte annerite come fumo in un villaggio in fiamme, dove una volta albergavano bellezza e verità. La temporanea leggerezza che provava sempre dopo gli esami si dissipò istantaneamente al pensiero di Jellie Braden. Si stava arrabbiando con lei perché era andata in Inghilterra, perché se n'era andata lasciandolo a piangere la sua assenza.

Naturalmente era un pensiero irrazionale. Non aveva nessun diritto su di lei. Se l'immaginò seduta all'aeroporto Kennedy in attesa che un aereo della TWA portasse il suo delizioso corpo e la sua altrettanto deliziosa anima oltreoceano, per nove mesi di nuove esperienze e nuove conoscenze. Forse Jellie aveva ragione, forse la sua assenza era la soluzione ideale: i sentimenti di Michael si sarebbero raffreddati e, magari, concentrati su qualcuna più adatta a lui.

Michael cominciò a borbottare tra sé come un vecchio pazzo. «Torna indietro, torna indietro, Jellie Braden. Ho bisogno di rivederti ancora una volta, una sola. Voglio continuare la conversazione che abbiamo lasciato a metà. Voglio sentirti parlare ancora di quello che provi per me e per noi, perché tutto sia chiaro.» Ma la posta non arriva di domenica e James Lee Braden III aveva portato la mogliettina all'estero, lasciando Michael Tillman a straziarsi tutto solo.

Mentre passava davanti all'ufficio del direttore amministrativo, un bidello aprì la porta per svuotare i cestini. Michael sbirciò all'interno. C'era solo Clarice Berenson, la segretaria, intenta a lavorare al computer.

Si conoscevano da un secolo, lui e Clarice. Lei era tornata a Cedar Bend da New York, dove il marito ginecologo l'aveva scaricata per un'infermiera psichiatrica. Dopo questo brutto tiro giocatole dal marito, Clarice tendeva a diffidare di tutti gli uomini, ma con Michael andava d'accordo e ogni tanto si frequentavano, con soddisfazione di entrambi.

Clarice faceva la cantante lirica a tempo perso e studiava per laurearsi in spagnolo. Questi due hobby, insieme con il lavoro, la tenevano occupata. Ma ogni tanto le piaceva fare qualche colpo di testa. E qui entrava in scena Michael: quando si trattava di fare pazzie, i loro orari sembravano combaciare perfettamente.

Clarice lo vide e gli sorrise: «Ecco il nostro ribelle senza motivo apparente. Come te la passi, Michael?»

«Non male. Ho appena consegnato i voti e tirato i remi in barca. Tu, Clarice?»

«Da quando il capo è partito per Los Angeles un paio d'ore fa, me la passo molto meglio. Stavo chiudendo la baracca. Ti va di bere una birra?»

«Volevo proporti qualcosa di meglio. Una cena, magari.»

«Questo sì che è parlare! Potremmo anche fare trentuno e andare da *Beano's*. C'è la Bobby's Blues Band, stasera, a partire dalle nove. Suoneranno scempiaggini da fine trimestre, ma non è proprio quello che uno vuole?»

«D'accordo. Ma prima devo mettere un po' di ordine in casa. Ci vediamo alle sette? Prima una pasta da *Rossetti* e poi da *Beano's*?»

«Magnifico. Passo a prenderti io. Tocca a me.»

«A più tardi, allora.»

Michael cominciò a bere birra, appena arrivato a casa. Si sedette sulla Shadow con una Beck's scura in mano e un nastro di John Coltrane nel registratore. Malachi si alzò e gli posò le zampe sulla gamba. Lui gli grattò le orecchie e intanto pensava a Jellie Braden che volava via da lui nell'oscurità. Ma non era giusto nei riguardi di Clarice, decise, e altre due birre lo aiutarono a uscire dalla sua solitudine e a prepararsi in qualche modo alla serata.

Quanto all'aspetto, Clarice non era neppure paragonabile a Jellie Braden. D'altronde, agli occhi di Michael, nessuna era paragonabile a Jellie. Ma Clarice era dotata di quella stessa indefinibile qualità chiamata «classe», ed era più che presentabile. Inoltre, cosa molto importante, non era in partenza per Londra.

Clarice bussò alla sua porta alle sette meno dieci, mentre Michael stava infilando un maglione bianco a collo alto intonato ai jeans scoloriti. Entrò e prese una birra dal frigo. Lui si aggirava per la stanza da letto a piedi nudi, in cerca di un paio di calze pulite abbastanza lunghe per essere indossate sotto gli stivali. Quando portò in salotto gli stivali, Clarice era appollaiata sulla moto: portava un maglione giallo mais e un paio di pantaloni verde scuro a sigaretta, che terminavano appena sopra i mocassini con la nappa.

«Ti trovo in forma, Clarice, davvero», disse Michael, sincero. Le tre bottiglie di birra che aveva già bevuto infusero a questo complimento un particolare calore, che forse altrimenti non avrebbe avuto.

«Grazie, professor Tillman. Come vanno i lavori di manutenzione invernali sulla sua bicicletta a motore? Ho visto la catena appesa allo schienale di una poltrona.»

«La poveretta ha bisogno di cure costanti, alla sua età. I pezzi di ricambio sono diventati introvabili, ma grazie al cielo esistono ancora i cataloghi per posta. Se necessario, sono pronto a costruirmi da solo i pezzi in qualche officina. Io e lei siamo insieme per la vita, ormai.»

«Sono contenta che qualcuno lo sia.» Il divorzio le bruciava ancora e, almeno con Michael, Clarice non si curava di fingere il contrario. «Hai in mente qualche viaggio per l'estate?» Gettò indietro la folta chioma bionda, bevve un sorso di birra e gli lanciò uno sguardo lascivo. Tutti e due sapevano come avrebbero terminato la serata.

«Pensavo di fare il giro del Lago Superiore. È un pezzo che non ci vado. È bello e poco affollato, se eviti i periodi in cui tutti hanno vacanza. Ti piacerebbe venire con me?» Non sapeva nemmeno lui perché glielo avesse chiesto. Di solito preferiva viaggiare solo, ma si sentiva tradito e abbandonato e Clarice era molto carina, quella sera. Gli piaceva proprio.

Lei, conoscendo le sue abitudini solitarie, si meravigliò dell'invito e lo guardò interrogativamente. «Magari... Quando parti?»

«Quando voglio, visto che non tengo più i corsi estivi. Se t'interessa, possiamo metterci d'accordo. Adesso, se sei pronta, usciamo.»

Gli spaghetti erano ottimi, cenarono con calma, bevendo un'intera bottiglia di vino e chiacchierando amabilmente prima di gettarsi nella mischia di *Beano's* alle nove e mezzo. Bobby e la sua Band ci stavano già dando dentro come matti. «Metti le scarpe di gomma con il tacco alto, mamma, e la parrucca in testa...» Percussioni, chitarra solista, basso, Bobby che cantava e suonava l'armonica. E, ovviamente, Molly Never (era pronta a giurare che erano stati i suoi genitori ad affibbiarle quel nomignolo) che strillava al violino elettrico, con le gambe larghe, i tacchi alti e le calze nere, minigonna anch'essa nera e una camicetta rossa. Un Peter Pan in gonnella che avesse sperimentato la parte oscura dell'esistenza. Il complessino toccava i centoquindici decibel e sarebbe salito oltre.

Bobby cantava con quello stesso gruppo da dodici anni e tutti insieme operavano con una dura, disciplinata precisione. «E adesso», gridò lui al microfono, «ecco una canzone resa famosa da tre gallinelle nere di Memphis, che verrà cantata da tre galletti bianchi del Midwest. È per questo che pagate gli esorbitanti coperti di *Beano's*, no? Per sentire questo e altro, vero?» La folla rumoreggiò.

Clarice e Michael restarono in disparte, in attesa che si liberasse un tavolo, pur sapendo che forse ci sarebbero volute ore. Lei gli gridò nell'orecchio, lui le urlò la risposta, in un disperato tentativo di comunicare sopra gli accordi della chitarra di Doppler Donovan, che portava un cappello da cowboy sulla testa e, ai piedi, stivali mimetici da combattimento stile Vietnam. Bobby si era lanciato in una versione urlata di un pezzo di Chuck Berry. Il suo assolo di armonica fu assordante: il cavo dell'amplificatore sembrava uscirgli direttamente dalla bocca dove aveva annidato un minuscolo microfono accanto all'armonica.

Michael guardò il séparé dove si era seduto con Jellie una settimana prima. Adesso era occupato da due coppie intente a un doppio misto di tracannamento di birra. Le sue parole fluttuarono al di sopra del frastuono che riempiva il locale: «C'è qualcosa, vero? C'è qualcosa, voglio dire... tra noi?»

Clarice gli abbracciò la vita e lo strinse, piegando le ginocchia a ritmo con la musica. Aveva voglia di ballare e in qualche modo avrebbe costretto anche lui. Ma Michael non si sentiva a proprio agio sulle piste da ballo, quindi aspettò il secondo giro di birre per mandare definitivamente giù gli spaghetti e trovare il coraggio per lanciarsi.

Gli si fece sotto uno studente, che si trascinava dietro una biondina platinata fasciata in un paio di jeans macchiati di unto e con un giubbotto di pelle nera. Una ventata di alito di birra gli accarezzò la guancia quando il ragazzo gli disse, urlando al di sopra della musica. «Gran bel corso, professor Tillman. Grandioso davvero. Come sono andato?»

Michael non diceva mai personalmente i voti, soprattutto non da *Beano's*. Ma che diavolo, non era meno ubriaco del suo studente e, dopotutto, era una serata di festa. Prese uno dei tovaglioli di carta con il nome del locale e indicò la *B*, sorridendo.

Il ragazzo lanciò le braccia sopra la testa in un gesto di gioia e tornò sulla pista da ballo, dove si mise ad annaspare come un orso nell'aria. Cinque minuti dopo mandò la cameriera da Michael con due boccali, uno per lui e uno per Clarice. Era la fine del semestre e tutti quanti stavano seppellendo i morti per lodare i vivi, quindi l'atmosfera era altamente celebrativa, un po' come un funerale a centomila watt a New Orleans. Doppler Donovan attaccò a suonare un pezzo intitolato *Drake Neighborhood Slide* e Clarice trascinò Michael sulla pista.

La serata si concluse come avevano previsto — nel modo più libidinoso, caldo e soddisfacente. Lui e Clarice si trovavano bene, a letto, e lei adesso era in ginocchio sul cuscino, con i seni, le mani e la faccia appoggiati alla parete mentre lui le leccava il sudore dalle spalle e faceva tante altre cose che lei gradiva molto, visto come continuava a incoraggiarlo, sperando che non smettesse mai: «Sì, Michael... oh, sì! Sì, sì, *sì!*»

7

Jellie da lontano. L'ambiguità dei suoi mesi in Inghilterra gli pesava enormemente. Le sue scarpe da jogging sciaguattavano lungo le strade di Cedar Bend e sulle ciocche di capelli che spuntavano dal berretto di lana blu si stava formando il ghiaccio. La facoltà e gli studenti erano sospesi in un purgatorio climatico che aleggiava tra le luci del Natale e il risvegliarsi della terra nel mese di aprile. Il vento che soffiava dalle praterie canadesi urtava con forza contro la facciata settentrionale della Bingley Hall e, quando trovava aperta una porta esterna, ululava nei corridoi. A differenza del vino, o della leggendaria studentessa che si era spogliata nell'ufficio del professore di russo, gli inverni nel Midwest non migliorano con l'età.

Michael, che pensava quasi costantemente a Jellie, mise sotto torchio i suoi studenti e decise persino di tenere una lezione extra di tre ore la domenica pomeriggio, promettendo loro, se si fossero comportati bene, più tempo libero in primavera. Sapeva che, con l'arrivo della bella stagione, avrebbe cominciato a perderli, e a perdere anche se stesso, quindi tanto valeva compiere subito il lavoro duro, finché tutti quanti erano ancora freschi. Andavano avanti come schiacciasassi. Verso la fine di febbraio Michael stava già pensando, per contrastare le assurdità invernali, di invocare la psicoterapia di gruppo per l'intero campus. Ma tennero duro, come vecchi marinai che sfidano le tempeste aggrappati all'albero maestro, con la stessa fede in un futuro migliore.

Poi, sopra gli alberi spogli, cominciarono a fluttuare i primi segni di ripresa, sotto forma di coloriti dépliant di viaggio appesi alle bacheche nei corridoi. Le parole e le fotografie promettevano sole e sabbia, muscoli e abbronzatura e, più maliziosamente, angoli al riparo da occhi indiscreti tra i palmizi della Florida o sulle coste meridionali del Texas. In classe, mentre si aspettava che suonasse la campanella, era tutto un gran discutere del bollettino della neve in Colorado e di chi avrebbe guidato una vecchia Dodge con dodici persone a bordo fino a South Padre Island.

Michael era già riuscito a spaventare, a quel punto, un buon venti per cento degli studenti, che si erano ritirati dal suo corso. Quelli rimasti erano un manipolo di veterani rotti a tutte le battaglie, e meritavano un breve periodo di riposo prima che lui li facesse salire a frustate lungo le ripide pendici del sapere verso la vittoria, e magari la laurea.

Giunse l'inevitabile domanda: «Professor Tillman, le dispiace se salto l'ultima lezione del giovedì prima delle vacanze di primavera? Siamo in un gruppetto e vorremmo andare a Daytona Beach, ma pensavamo di partire il mercoledì sera».

Michael guardò la simpatica studentessa che gli aveva rivolto la domanda — era una diversa ogni anno, ma dopo un po' si confondevano l'una con l'altra — e rispose: « Perché credi che ti abbia fatta venire qui per tre ore ogni domenica pomeriggio? Sì, puoi partire mercoledì, ma fatti dare da qualcuno i miei strabilianti appunti sulla trasposizione delle matrici, perché non intendo ripetere la lezione solo per te quando ritorni ». Le sorrise. « Adesso levati dai piedi e lasciami in pace. Ho molto da fare per cercare di salvare un mondo che non ha nessuna voglia di essere salvato. »

Arrivò il venerdì, e con esso la pausa di primavera. Le ultime folate dei venti marzolini spazzavano le strade. Furgoncini e station wagon pieni di spose impazienti attendevano in fila fuori del campus, con il motore acceso, che le lezioni terminassero. La biblioteca era quasi deserta, a parte qualche studente laureato che si metteva in pari e uno sparuto numero di giovani professori che speravano di passare di ruolo. Quando Michael uscì da Bingley Hall alle cinque, nel campus era sceso il silenzio.

Giunto a casa, si mise comodo in poltrona a contemplare una polaroid di Jellie affissa a un pannello di sughero sopra la scrivania. Lei ricambiava il suo sguardo, in piedi vicino a un muro di sassi in Irlanda, in pantaloni e scarpe da montagna, con la chioma raccolta sotto il cappello rotondo di tweed e la piccola borsa di pelle appesa alla spalla sinistra. In gennaio gli aveva mandato una cartolina con scritto *Ciao*. La foto era arrivata un mese più tardi, accompagnata da un messaggio di significato neutro nella sua piccola, ordinata calligrafia:

21/2

Ciao, Michael.

Ci siamo presi un weekend lungo e siamo venuti in Irlanda in perlustrazione, in previsione di una vacanza più lunga quest'estate. Spero che tu stia passando una buona primavera. Rimpiango le nostre chiacchierate davanti al caffè e mi manchi moltissimo anche tu.

Jellie

Michael notò che non aveva sottolineato il *moltissimo*, come aveva fatto verbalmente da *Beano's* prima di partire. Forse lui stava cercando qualcosa che non esisteva. Jellie non era timida e quanto aveva detto a proposito del raffreddarsi dei sentimenti si stava avverando — almeno per lei. Ma non per Michael, e la foto era servita solo a peggiorare le cose. Si sedeva in poltrona e la fissava per ore, pieno di desiderio. Proprio non capiva come avrebbe potuto tirare avanti a vivere senza Jellie accanto. Ancora cinque mesi e sarebbe tornata. Non vedeva l'ora che arrivasse il momento, e nello stesso tempo sperava di non rivederla mai più. Cercava continuamente di trovare nuovi mezzi per difendere la propria psiche dagli assalti che lei sferrava senza neppure saperlo, ma era impossibile e così non gli rimaneva che una soluzione: aspettare agosto.

E alla fine agosto venne, come soltanto lui riesce a fare. L'estate era trascorsa in una specie di nebbiolina fumosa. L'università aveva attraversato una delle sue ricorrenti crisi di budget e l'ufficio del direttore amministrativo era entrato in un periodo di superlavoro, ragione per cui Clarice aveva dovuto rimandare le ferie a settembre. Per qualche motivo Michael non se l'era sentita di andare da solo fino al Lago Superiore e, come ripiego, aveva guidato la moto lungo le belle strade interne delle Smoky Mountains, godendo nel sentire tra le gambe il ronzio profondo di un motore che lui stesso aveva ricostruito almeno venti volte con le proprie mani da quando suo padre glielo aveva regalato.

Aveva corso per le strade di Cedar Bend all'alba, prima che la calura avvolgesse ogni cosa, per restare in forma, per combattere l'età, anche se diventava sempre più difficile. A poco a poco le gambe gli diventavano sempre più deboli e, nelle giornate di pioggia, il vecchio dolore al ginocchio ritornava più acuto che mai a ricordargli le sue follie di gioventù. A volte passava davanti alla casa di mattoni dei Braden. Lo faceva spesso. Arrivava correndo, e si fermava un istante a guardare i gradini dove lui e Jellie si erano soffermati il pomeriggio del Ringraziamento, rammentando i timidi segnali che si erano trasmessi senza essere certi che l'altro li ricevesse.

In giugno aveva scritto un articolo sulla funzione delle facilitazioni fiscali nella soluzione di problemi sociali su vasta scala. Con sua grande sorpresa, *The Atlantic* gliel'aveva comprato mandandogli, in cambio, un assegno di milleduecento dollari. Immediatamente Michael aveva steso, dello stesso articolo, una versione accademica per il *Journal of Social Issues*, e anche questo gli era stato acquistato, anche se sarebbe stato pubblicato solo nella primavera successiva. Michael sapeva che il capo del suo dipartimento avrebbe giudicato con disprezzo le due testate, definendo la prima troppo disposta ad abbassarsi agli standard popolari e la seconda priva di un posto di sufficiente rilievo nel mondo dell'economia, anche se, bisognava ammetterlo, nel suo ambito rappresentava qualcosa. Ma a Michael non importava molto dell'opinione degli altri membri della facoltà, quindi non ne restava disturbato.

A metà agosto era teso come una corda di violino. Uno dei prossimi giorni, da Heathrow sarebbe partito un 747 con a bordo Jellie, intenta a leggere un libro, e Jim, che correva su e giù per la cabina alla ricerca di un cuscino e una coperta. Una volta lei gli aveva detto che Jim era insuperabile nel dormire in volo, ma aveva una paura folle e non riusciva a prendere sonno senza una coperta e un cuscino a cui aggrapparsi. Per questo, appena metteva piede su un aereo, per prima cosa si procurava l'una e l'altro. A Michael pareva quasi di vedere Jellie, con i suoi severi occhiali di metallo, guardare dalle pagine aperte del libro alla pista, che si andava allontanando mentre l'aereo prendeva quota per riportarla a Cedar Bend.

Le lezioni sarebbero cominciate tra meno di una settimana e Michael, nel suo ufficio, si fingeva indaffarato nella speranza di veder transitare in corridoio Jimmy Braden, segno che anche Jellie era tornata, quando squillò il telefono.

«Ciao, Michael. Come stai?» La sua voce era calda e carezzevole, la pronuncia chiara e forbita come sempre, tranne forse quella volta da *Beano's*, quando aveva confessato i propri sentimenti a un uomo nella tacita speranza di essere ricambiata.

«Jellie? Sei... tornata?» La voce gli tremava leggermente e questo non gli piacque. I maschi americani, dopotutto, hanno i loro standard.

«Sì. Siamo arrivati stanotte. Jimmy sta ancora dormendo, ma io sono ancora sintonizzata sull'ora di Londra, ed è dalle quattro di stamattina che giro per casa. Hai ricevuto la foto?»

«Certo! Grazie. Sembravi felice, a giudicare dall'aspetto.» Non le disse di averla appesa al muro. Il loro era un ballo complicato nelle grandi sale dell'ambiguità e Michael stava tastando il cammino, per evitare di aprire l'argomento troppo precipitosamente.

«Sì. Sto bene, infatti. In metropolitana, a Londra, ho incontrato una delle mie vecchie amiche indiane. Mi ha riavvicinato allo yoga e ti assicuro che fa meraviglie, per il corpo e per la mente.»

Oh, Jellie, Jellie! pensava lui. Non mi parlare del tuo corpo! Dài a questo pover'uomo un po' di spazio per respirare, per coltivare pensieri meno torbidi di quelli che tu gli hai instillato.

«Senti, Michael, credi che potremmo vederci da qualche parte? Vorrei parlarti, ma non mi va di venire nel tuo ufficio perché Jimmy, appena sveglio, si precipiterà in università.»

«Troviamoci dove vuoi tu.»

«Che cosa ne dici del bar del *Ramada* al centro commerciale?»

«Per me sta bene. A che ora?»

«Che ore sono adesso?»

Lui guardò l'orologio. «Le undici meno venti.»

Dall'altra parte del filo, per qualche secondo, si udì solo silenzio. «Le undici è troppo presto per te? Vorrei non esserci quando Jimmy si sveglierà, per non dover inventare una scusa per uscire.»

«Ce la posso fare. Ho la moto legata a un palo sotto l'ufficio. Facciamo alle undici, allora?»

«Sì. Michael?»

«Ci sono.» Troppo freddo. Si stava comportando troppo freddamente.

«Aspetto con ansia di rivederti.»

«Anch'io, Jellie. A tra poco.»

Ci volevano solo dieci minuti per raggiungere il *Ramada*, quindi Michael si fermò davanti alle caselle della posta e ritirò una pila di pubblicità di libri e un gradito invito da parte di *The Atlantic* a inviare altri pezzi. Questo lo fece pensare per un istante: perché non tentare la carriera di giornalista free-lance? Probabilmente non avrebbe guadagnato abbastanza per tirare avanti, ma poteva chiedere una pensione anticipata, ricevere una rendita annua dal suo fondo d'investimento e intascare dieci, forse quindicimila dollari l'anno semplicemente giocando con il suo word processor.

C'era anche una lettera della University of California, dipartimento di economia, che invitava tutti i suoi laureati a un ricevimento invernale a Las Vegas. Il solito: Michael lo riceveva ogni anno. Ma non ci andava mai, pur essendo loro grato di avergli dato la laurea e inviando denaro ogni volta che gliene chiedevano.

S'immise con la Shadow in un traffico sempre più intenso via via che gli studenti tornavano per il semestre autunnale e imboccò la Trentaduesima, raggiungendo la Route 81 dieci isolati più in là. La statale descriveva ampie curve in una delle zone più graziose della città e lui la percorse con gusto, piegando vertiginosamente la moto e notando un rumorino di valvole che doveva ricordare di controllare.

Jellie era già seduta, quando arrivò. Era semibuio,

nel bar, e in un primo momento lui non la vide, anche perché lei era seminascosta in un séparé.

«Michael, sono qui.»

Jellie. Dopo tutti quei mesi, era a pochi passi da lui e lo stava chiamando. Aveva i capelli neri raccolti in cima alla testa, due grandi cerchi d'argento alle orecchie, un abito estivo giallo e i sandali. Michael le si avvicinò sentendosi goffo, estraneo. Jellie gli tese la mano, lui la prese e le scivolò accanto sulla panca. Lei gli baciò la guancia, poi si tirò indietro per guardarlo. Michael si sentiva lontano, come se la guardasse da in cima a una collina, ma le valvole del suo cuore palpitavano come quelle della Black Shadow e aveva le mani sudate.

«Sei abbronzato, Michael. Ti trovo benissimo, davvero in forma, e non ti sei ancora tagliato la zazzera in previsione della prima lezione.»

«No, ho preferito rimandare. Odio andare dal barbiere, mi sembra di perdere la mia virilità. Probabilmente è una delle mie paure inconsce perché, quando avevo quattro anni, l'unico barbiere di Custer minacciò di tagliarmi le orecchie se non fossi stato immobile mentre lavorava con le forbici.»

Lei rise. «Davvero? Davvero minacciò di tagliarti le orecchie?»

«Sicuro! Da allora la mia infanzia fu una penosa avanzata attraverso i rovi dell'ansia. Anche tu stai bene, però. Ho pensato molto a te.»

Lei guardò in basso, poi Michael, poi di nuovo in basso. La barista venne al loro tavolo, accese una candela nel mezzo e chiese che cosa desiderassero. Jellie ordinò un'acqua tonica con una fetta di limone, Michael una Miller's.

Mentre aspettavano i loro drink, Jellie gli domandò come avesse trascorso la primavera e l'estate. Michael le raccontò dei due articoli e, quando menzionò *The Atlantic*, lo sguardo di lei s'illuminò. «Ehi, bel colpo! Congratulazioni!»

Tornò la barista. Jellie insistette per pagare il conto, e Michael glielo lasciò fare.

Brindarono, lei con l'acqua tonica, lui con la birra. «A che cosa, Michael?»

«Che cosa ne dici della sopravvivenza? Oppure della pensione anticipata?»

«Sei sempre il solito», lo rimproverò dolcemente lei. «Perché non brindiamo a questa bella giornata di fine estate e ai tuoi successi come giornalista?»

«Allora anche al tuo ritorno.»

«Come va la moto?»

«Bene, in linea di massima. È una battaglia continua, ma non mi arrendo. Sono andato nel Tennessee, questa estate, ma non mi sono fermato a lungo. Le Smoky Mountains sono un vero incubo. Stanno addirittura pensando d'istituire il numero chiuso per i turisti. Così me ne sono andato a Custer e sono rimasto una settimana da mia madre.»

«Come sta?»

«È ogni giorno più vecchia e fragile. Credo che tra un paio d'anni al massimo avrà bisogno di essere ricoverata in una casa di riposo.»

Jellie rimase silenziosa per un po'. Lui sorseggiò la birra, lei la bibita. Michael prese le sigarette e gliene offrì una, ma Jellie rifiutò. «Ho smesso, sai? Per via dello yoga, anche se non ho capito perché.»

Lui annuì e accese la sigaretta con un accendino di

plastica, poi si appoggiò allo schienale imbottito della panca. Lei si allontanò quel tanto che bastava per poterlo guardare comodamente negli occhi.

Michael era stanco di quella inutile danza preparatoria. « A che punto siamo noi due, Jellie? Per me questi nove mesi sono stati interminabili. » Appena ebbe finito di parlare, si pentì di non aver aspettato ancora un momento. Ma si sa, la mancanza di preamboli è tipica degli uomini.

Lei attese almeno un minuto prima di rispondere. Michael si era scordato quanto fossero grigi i suoi occhi, che adesso lo stavano fissando con una intensità quasi insostenibile.

« Ho fatto molte cose, Michael. » Stava per dargli una cattiva notizia, Michael ne era certo. Non erano solo le parole in sé a farglielo presagire, ma il modo in cui le aveva pronunciate. Quello che provavano l'uno per l'altra non aveva bisogno di riflessioni. Aveva bisogno di azione, semmai. La felicità che aveva provato nel rivederla cominciò lentamente ad abbandonarlo, come l'acqua di una diga artificiale che si svuota a poco a poco.

« Mi ero preparata un bel discorso », proseguì lei, « ma non credevo che sarebbe stato così difficile. Mi ero convinta che la mia fosse solo un'infatuazione — dopotutto sei diverso da tutti gli uomini che ho conosciuto finora — e credevo che, con il tempo, sarebbe passata. Ma adesso che sei qui, e mi guardi con quegli occhi buoni, e vedo i tuoi capelli sparire nel colletto della camicia, io... trovo tutto molto più difficile, molto di più... »

« Dillo pure, Jellie. Non ne morirò. »

«Lo so, e voglio dirtelo prima che me ne manchi del tutto il coraggio. Dobbiamo darci un taglio prima di finire nei guai seri.» Michael si era preparato a una sua decisione in questo senso, ma questo non impedì che l'arpione gli trapassasse il petto. «Nei giorni prima della nostra partenza per l'Inghilterra, Jimmy mi ha chiesto diverse volte se ci fosse qualcosa che non andava. Si era accorto che mi comportavo in modo strano. Era per via di te, Michael... no, di *noi*. Pensavo a noi, immaginavo cose di cui non voglio neppure parlare.»

«Non ti preoccupare, Jellie. Io ho pensato incessantemente a quelle cose dal primo giorno che ti ho vista. Se te lo raccontassi, scapperesti a gambe levate.»

«Anche le donne hanno certe fantasie, sai? Lasciami andare avanti. Devo molto a Jimmy, per via di certe cose che non sai e di cui non ti voglio neppure parlare. Lo conosci bene anche tu. Sembra un po' sciocco, a volte, ma è sempre stato molto gentile con me.

«Jimmy era distrutto quando nessuna delle migliori scuole lo ha accettato per il dottorato. I suoi voti erano alti, ma solo perché lui ce la mette tutta in ogni cosa che fa. I suoi genitori non hanno fatto che inculcargli fin da piccolo l'idea del successo. Ma Jimmy non è un intelletto superiore. Lo sa e ha finito per rassegnarsi, anche se la cosa lo disturba perché nell'ambiente in cui ha scelto di guadagnarsi da vivere ci sono, purtroppo per lui, persone come te, che gli ricordano costantemente i propri limiti.»

«Ma che cosa dici, Jellie...» Michael cominciò a strusciare i piedi per terra cercando di assumere un'aria modesta, da bravo ragazzo del South Dakota. Ma lei non voleva essere interrotta.

«Michael Tillman, non recitare la parte del ragazzo di campagna davanti a me, per favore! Non ti si addice, e ti conosco troppo bene per cascarci. Jimmy sa di non essere come te. Potrebbe scrivere per tutta la vita senza che neppure uno dei suoi articoli venisse acquistato da una delle testate di cui mi parlavi poco fa. Non sto dicendo che tu non t'impegni a fondo. So che lo fai, anche se dici le cose come se ti fossero capitate per caso. Inoltre tu a Jimmy piaci molto. Mette in pratica tutte le buone idee che gli dài. Se mai dovesse diventare ordinario in quest'università, sarebbe anche per merito tuo.»

«Jimmy è un ragazzo in gamba, Jellie. È molto diverso da me, ma lo rispetto per come sa tenere la testa bassa e per come lavora. Io non riuscirò mai a essere organizzato come lui.»

Michael si accese un'altra sigaretta e bevve un sorso di birra. L'atmosfera tra loro stava diventando sgradevole, ma lui non voleva che accadesse con Jellie. Lei stava facendo un po' di confusione, gli sembrava, tra la fedeltà coniugale, le manchevolezze del suo Jimmy e i propri sentimenti. Pareva quasi che volesse incolpare lui, Michael, di essere troppo perfetto, per proteggere se stessa da quello che provava.

«Jellie, adesso proverò a dire a te quello che secondo il mio parere tu stai cercando di dire a *me*. Vuoi bene a Jimmy, in qualche modo ne sei anche innamorata, ne sono sicuro. Sei una persona che sa voler bene, tu. E gli sei grata per qualcosa che io non so e non ti chiederò, anche se ho la vaga impressione che in questa faccenda c'entri in qualche modo l'India. Certamente tu me lo avresti già detto, se volessi dirmelo, ma comunque la cosa non potrebbe cambiare i miei sentimenti, comunque sia andata. E vuoi che i nostri reciproci sentimenti non diventino qualcosa di più di quello che sono. Ho capito bene?»

Lei annuì. Aveva le lacrime agli occhi.

Michael aveva preso l'abbrivio e continuò la sua corsa. «Ecco come stanno le cose, Jellie. Io sono portentosamente innamorato di te. Credo che sia successo nel momento stesso in cui hai messo piede nella cucina del preside un anno fa, con il tuo tailleur azzurro e gli stivali, e me ne sono accorto subito, quando ci siamo seduti insieme sugli scalini a fumare. Se penso che una volta siamo anche andati in altalena! Ti rendi conto di quanto ti ho desiderata, tutta quanta, dentro e fuori, quello che c'è di tangibile e quello che tangibile non è? Ti prenderei a scatola chiusa. Non è così che si dice? Brutta espressione. Ma ti vorrei vicina per quello che mi resta da vivere, e credo di essere almeno a metà strada, se non di più. Lo capisci quello che provo, Jellie?»

«Michael... ti prego.» Lei infilò una mano in borsetta, prese un fazzoletto e se lo premette per un istante contro gli occhi. La barista, evidentemente una donna sensibile, si era accorta di quello che stava succedendo e accese il televisore per coprire la loro conversazione. Michael le fece un cenno di ringraziamento con la testa e lei gli sorrise.

Poi Michael posò una mano sul collo di Jellie. Era la prima volta che la toccava in quel modo. La sua pelle era esattamente come se l'era aspettata e una sensazione di estrema dolcezza gli percorse il braccio, raggiunse il profondo del suo essere e produsse un suono basso e greve, un gemito di nostalgia per tutte le volte che avrebbe dovuto rinunciare a toccarla ancora in quel modo. «Non ti preoccupare, Jellie. Ne verremo fuori. Medicheremo le nostre ferite e finiremo per dimenticarcele. Non sono sicuro di poter vivere nella stessa città in cui vivi tu, ma ci proverò. Ce la metterò tutta, Jellie. Chissà, forse alla fine saremo persino in grado di bere un caffè insieme di tanto in tanto.»

Lei ripose il fazzoletto in borsetta e gli prese la mano sinistra, stringendola tra le proprie. «Hai ragione, Michael. Hai sempre ragione, tu. Adesso capisco perché ogni tanto la gente si sente frustrata per causa tua e ti teme. La tua mente è come una pallottola sparata da un fucile, quando la metti al lavoro, e farebbe paura a chiunque. Carolyn, la moglie del preside, me lo disse, quel giorno a casa sua. Disse: 'Arthur ha il sacro terrore di Michael Tillman, e cerca di ricambiarlo con manovre meschine'. Voleva negarti il posto di docente ordinario, tanta paura gli facevi, anche se hai lavorato il doppio di quanto fossi tenuto a fare per qualificarti. La moglie, per convincerlo a lasciar perdere, ha dovuto minacciare di salire sul primo treno in partenza da Cedar Bend, se avesse osato danneggiare la tua carriera.»

Adesso stavano parlando di Carolyn e Arthur. Jellie continuava a cambiare argomento, ma lui poteva capire perché. Una porta si stava chiudendo alle loro spalle e lei, mentre faceva il gesto di chiuderla, stava cercando di strappare ancora qualche attimo, per sbirciare con il cuore spezzato attraverso lo spiraglio rimasto aperto.

«Jellie, lasciamo le cose così come stanno. Sai dove trovarmi. Passa nel mio ufficio, se te la senti. A me basta poterti vedere ogni tanto, respirare il tuo profumo quando mi passi accanto, anche se succederà di rado... »

« Per me non è così. La tua presenza mi manda in tilt, e sento che è lo stesso anche per te. Sono scesa dall'aereo con le idee chiare, pronta a dirti esattamente quello che provavo e che cosa avevo intenzione di fare, e guarda come sono miseramente crollata. Devo riorganizzare la mia vita. Seguirò un altro corso, questo autunno, quindi sarò al campus tre giorni la settimana. Se me la sentirò, passerò a salutarti. Altrimenti, com'è più probabile che succeda, non passerò, ma continuerò a pensarti, perché non posso farne a meno. Mi perdonerai per questo? »

« Certo, Jellie. Preferirei che non fosse così, ma ti capisco perfettamente. Anch'io ti penserò. A dire il vero non faccio altro. »

Mentre uscivano dal bar, Jellie prese un pacchetto dalla borsetta e glielo mise in mano. « Dimenticavo di darti questo. »

Lui lacerò la carta da regalo. All'interno c'era una cintura di cuoio inglese con scritto ORVILLE sul dietro.

Michael montò sulla moto e guidò fino a Des Moines, dove fece inversione per tornare a Cedar Bend nel tiepido crepuscolo d'agosto. Mentre rincasava passando attraverso il campus, sentì la banda esercitarsi in previsione della prima partita di football. Stavano eseguendo il motivo conduttore di qualche vecchio film. Michael Tillman non ricordava né il titolo della canzone, né quello del film, perché la sua mente era totalmente occupata da Jellie Braden e da una domanda angosciante: come avrebbe fatto a sopravvivere negli anni futuri senza di lei.

* * *

Le luci di Bingley Hall si accesero ed ebbe inizio la grande corsa verso il mese di dicembre. Jimmy Braden passò nell'ufficio di Michael a mendicare nuove idee; la squadra di football era in testa al campionato. Nei sabati in cui giocava in casa, le strade erano intasate da Cadillac e Lincoln guidate da signori sovrappeso che firmavano lauti assegni a favore del dipartimento atleti e le cui figlie facevano parte delle più esclusive associazioni studentesche.

Michael andava su e giù per la classe, gettando in aria ogni due passi un pezzo di gesso e acchiappandolo al volo. « Considerate per un momento la natura dei problemi sistemici, gli elementi che li compongono e le sottili, intricate relazioni fra di essi. È necessario, adesso, imparare a superare quello che molto tempo fa ho cominciato a definire il Dilemma di Archimede. » Esitava sempre, giunto a questo punto, e guardava la classe. « A proposito, chi era Archimede? » Chinavano tutti la testa sul quaderno, fingendo di essere rimasti indietro con gli appunti.

Michael insistette e alla fine un ragazzo (uno con la faccia tutta brufoli seduto in prima fila), domandò in tono incerto: « Non era uno scienziato o qualcosa del genere? »

Michael propinò loro una pillola da due minuti sulla vita e il mondo del matematico greco. Dopodiché riprese il filo del discorso. « Archimede diceva: 'Datemi una leva, e vi solleverò il mondo'. E il problema dei modelli strutturali è esattamente questo: occorre trovare una leva e un angolo di entrata per penetrarne la complessità.» Tacque, pensando a Jellie, mentre gli studenti prendevano freneticamente nota e si chiedevano se all'esame avrebbe interrogato anche su Archimede.

Durante la seconda settimana di lezione stava guardando fuori della finestra le foglie ingiallite che tremavano sui rami nel vento di settembre, intento a spiegare un passaggio fondamentale dell'algebra di Boole, quando la vide. All'inizio la sua mente non registrò, impegnato com'era a far apprezzare agli studenti le finezze intellettuali del grande matematico del diciannovesimo secolo che aveva riassunto in cinquanta gradini successivi la logica formale. Ma la camminata sciolta e il cappello di tweed avevano finito per fare breccia nella sua concentrazione — Jellie. Si zittì di colpo e la seguì con gli occhi mentre percorreva un marciapiede con l'immancabile zaino in spalla. Jellie da lontano, sempre da lontano. Quando scomparve, lui si rivolse di nuovo alla classe. Lo stavano tutti fissando come se fosse impazzito. Era per via della sua espressione, forse del suo intero atteggiamento. Avevano notato qualcosa nei suoi occhi, o nel momentaneo ingobbirsi delle spalle, che non avevano mai visto prima. Michael guardò l'orologio da parete. Mancavano cinque minuti alla fine della lezione. «Per oggi è tutto, ragazzi», disse. Mentre raccoglieva dalla cattedra gli appunti per la lezione loro sfilarono a uno a uno fuori della porta, guardandolo di sottecchi, oppure bisbigliando tra loro. Udì distintamente una ragazza dire: «Hai visto che faccia aveva? Che cosa gli sarà preso, così di punto in bianco?»

Michael non si era reso conto di essere così trasparente. Jellie aveva ragione a dire che dovevano stare lontani. Non era solo per proteggersi l'uno dall'altra, ma anche per evitare che la gente, anche solo vedendoli nella stessa stanza, cominciasse a sospettare qualcosa. Stava seguendo sul *Chronicle* gli annunci per eventuali posizioni vacanti in altre università ma, con la sua posizione e il suo stipendio, sarebbe stato difficile trasferirsi. Inoltre, adesso che la salute di sua madre stava rapidamente peggiorando, non se la sentiva di allontanarsi troppo. Eppure, da qualche parte, doveva pur esserci un altro posto per lui, un posto che gli consentisse di abbandonare per sempre quella città, in cui viveva Jellie Braden.

È difficile dire come sarebbe finita se non fosse stato per le anatre. Probabilmente nello stesso identico modo, ma per un'altra via. Ecco come andò: i rettori dell'università volevano un nuovo edificio, e così pure i Comitati per l'istruzione scolastica. Bingley Hall andava più che bene — era un edificio vecchio, ma permeato di sapere e di lotta. Ciononostante il rettore aveva deciso che uno dei suoi più illustri college aveva bisogno di una nuova struttura. I rettori non si accontentano di lasciare in eredità cultura o studenti pieni di gratitudine: vogliono lasciare anche malta e mattoni. Se siano necessari o meno, è del tutto irrilevante. L'importante è ottenere il denaro e completare la costruzione di edifici che portino il nome o di generosi donatori o di membri dell'amministrazione che si siano distinti per la loro lealtà all'ateneo, anche se non necessariamente per la loro intelligenza. *The Arthur Wilcox College of Business and Economics*, si leggeva negli occhi da roditore del preside mentre zampettava per Bingley Hall con delle cianografiche arrotolate nelle mani sudaticce. Poteva succedere davvero.

Il denaro avrebbe potuto finanziare qualche studente bisognoso o essere utilizzato per pagare gli stipendi dei docenti, ma non erano scopi gloriosi. Come amava ripetere, esclusivamente in sede privata, il presidente: « È più facile ottenere soldi per un nuovo edificio che per pagare i professori ». Ma, nonostante la crisi economica dello stato, il Comitato aveva racimolato diciotto milioni di dollari per la nuova palazzina. Tutto questo era avvenuto l'inverno precedente. Adesso si stavano preparando i progetti di costruzione.

Arthur appendeva regolarmente la versione aggiornata dei disegni in sala professori, perché tutti potessero ammirarli. Michael li stava osservando con falso interesse quando si accorse che l'ubicazione del nuovo edificio era stata spostata di cinquanta metri rispetto al punto originale. « Lo vogliono costruire nello stagno delle anatre! » disse, a nessuno in particolare. Gli altri membri di facoltà presenti lo guardarono come per dire: « E allora? »

Michael si recò da Arthur e gli illustrò il ruolo di massima importanza che lo stagno rivestiva nella tradizione del campus. Non era tanto per lo specchio d'acqua in sé, di forma ellittica e grande all'incirca trenta metri per quindici, ma per le piccole anatre dalle zampe arancioni che guardavano passare Michael e, quando lui sorrideva e le salutava, gli rispondevano con uno stonato « quack ».

Era anche il luogo ideale per le passeggiate al chiar di luna e sulle sue sponde, negli anni, erano stati infilati ad anulari tremanti migliaia di anelli di fidanzamento, per non parlare di altri usi che venivano fatti delle sue sponde, sempre più carnali con l'avanzare della notte. Quando guardava fuori della finestra del suo ufficio, Michael vedeva le anatre nuotare a qualche decina di metri da lui e spesso, quando doveva scendere a patti con un'istruzione che sembrava ogni giorno più assurda, quella vista gli aveva dato sollievo.

Ma i tipi come Arthur J. Wilcox non sanno che cosa farsene della tradizione: non è una cosa abbastanza tangibile. Michael tentò di convincere il preside, ma non ottenne nessun risultato. Arthur continuava a ripetere: «Ma, Michael, ci occorre un nuovo edificio».

«E le povere anatre?» Adesso Michael si stava arrabbiando. «Dove andranno? Oppure verranno investiti altri diciotto milioni di dollari per un nuovo stagno?»

Arthur non era sensibile neppure all'argomento anatre. Glielo si vedeva in faccia. Quello, e il vivo desiderio che Michael si levasse di mezzo e lo lasciasse solo con le sue cianografiche.

Michael era sicuro che non avrebbe strepitato tanto per lo stagno delle anatre se non fosse stato già mezzo annebbiato dallo sforzo di fare luce sui propri sentimenti, e di escludere Jellie dai propri pensieri, sentendosi continuamente frustrato per la scarsezza dei risultati. Arrancò fino all'ufficio del direttore amministrativo, che non dimostrò di amare le anatre più di Arthur. Mentre usciva passò accanto alla scrivania di Clarice e si soffermò per qualche istante a chiacchierare con lei.

Il passo successivo fu prendere appuntamento per parlare con il rettore. Michael espose il caso e presentò la soluzione: spostare l'edificio, lasciare lo stagno dov'era. Il rettore fu molto cortese. Dopo anni spesi a trattare con membri di facoltà divenuti senili e con ex alunni recalcitranti che chiudevano in cassaforte il libretto degli assegni quando lo vedevano arrivare, aveva sviluppato uno stile tutto suo degno del migliore (o peggiore, dipende dai punti di vista) addetto alle pubbliche relazioni.

«Professor Tillman, comprendo le sue preoccupazioni. La tradizione è importante, sono pienamente d'accordo con lei. Ma i tempi si evolvono e certe volte è necessario tralasciare le vecchie tradizioni per stabilirne di nuove. Anch'io amo le nostre anatre. Anzi, vado a caccia di anatre ogni autunno.»

Michael si domandò se, oltre all'incompetenza professionale e alla degradazione morale, anche lo smembramento del rettore potesse essere considerato motivo sufficiente per la perdita del posto di ruolo.

Uno dei migliori studenti che avesse mai incontrato aveva frequentato un corso di legge e, dopo la laurea, si era stabilito a Cedar Bend. Michael gli telefonò. «Gene, che cosa si può fare per impedire a questi pagliacci di svuotare un camion di cemento sopra le anatre e la tradizione?»

Gene aveva un debole per le cause radicali, quindi decise di documentarsi. Richiamò dopo un paio di giorni, dicendo senza mezzi termini che non c'era modo, neppure attraverso i più raffinati sofismi legali, d'impedire la costruzione dell'edificio. Lo impedivano la legge dello stato e il fatto che il progetto fosse stato varato dal Comitato per l'istruzione scolastica.

«Che vadano tutti a farsi fottere, Gene. Mi piazzerò personalmente in mezzo a quello stagno e, se vorranno farmi uscire, dovranno trascinarmi in catene.»

«Michael, ti difenderò gratuitamente, se lo farai. Ma perderai la causa. Ti conviene spendere il tuo tempo cercando qualche altro posto dove trasferire le anatre.»

Sapendo che i burocrati odiano più di ogni altra cosa la pubblicità negativa, Michael scrisse un lungo articolo per il giornale dell'università, lanciando quello che gli parve un accorato appello per la salvezza delle anatre e del loro stagno. Questo scatenò una serie di dibattiti sull'intera questione, il che se non altro servì a spingere Arthur sull'orlo della follia.

Arthur divenne pazzo per davvero quando i capelloni delle Brigate studentesche socialiste prepararono dei grandi cartelli con scritto SALVIAMO LE ANATRE e cominciarono a marciare intorno a Bingley Hall. I reclutatori di *Fortune 500*, venuti al campus per intervistare gli studenti più meritevoli, dissero ad Arthur che stavano cercando cittadini onesti, non radicali. Lui ne invitò cinque al club della facoltà per un cocktail e li rassicurò dicendo che si trattava semplicemente di uno di quegli sfoghi periodici che ancora si verificavano come risultato del lassismo dilagante negli atenei nel corso degli anni Sessanta, e che tra poco si sarebbe estinto da sé. Dopodiché portò i reclutatori nel suo ufficio, srotolò le cianografiche e mostrò loro le nuove sale che avrebbero avuto a disposizione nell'edificio di prossima costruzione per le loro interviste. Loro ne furono entusiasti.

Il giornale dell'università ricevette, per qualche giorno, valanghe di lettere pro e contro. Una delle librerie stampò delle magliette con la scritta ANATRE, NON CEMENTO in vendita a dodici dollari, provando ancora una volta che il capitalismo sa approfittare anche delle migliori intenzioni dei suoi avversatori. Michael si stupì nel leggere sul giornale una lettera di Jellie a favore della sua posizione. Era una lettera bellissima e c'era da credere che le avesse causato non pochi guai a casa, dal momento che Jimmy era passato da Michael per discutere la questione ed era rimasto meravigliato, per non dire sconvolto, dal fatto che si potesse scaldare tanto per la sorte di otto o dieci pennuti.

Ma nessuno, a parte Michael, era seriamente interessato. I capelloni marciavano, Arthur friggeva, e le scavatrici arrivarono a bordo di enormi camion spruzzati di fango. Sperando in un inverno mite, gli appaltatori avrebbero iniziato a scavare il lunedì successivo. Michael previde che le inermi anatre non avrebbero saputo come contrastare la distruzione del loro stagno e si rivolse alla Humane Society. Lui e la società misero un annuncio sul giornale, nel quale si diceva che chiunque volesse aiutare a traslocare le anatre doveva presentarsi sabato mattina di buon'ora ed essere disposto a bagnarsi.

L'erba d'autunno era imbiancata dalla brina quando Michael, in sella alla sua moto, attraversò le prime luci dell'alba e parcheggiò accanto allo stagno. Mentre se ne stava appollaiato sulla Shadow a guardare per l'ultima volta una tradizione che si stava spegnendo e le anatre che zampettavano, ricordandogli tremendamente Arthur, sulle loro gambe arancioni, notò qualcuno arrivare lungo la strada. Jellie. Jellie al mattino. Jellie allo stagno. Portava un paio di vecchi jeans e delle scarpe da montagna, un maglione pesante sotto la giacca e un berretto di lana rossa calcato sulla fronte. I capelli erano raccolti in una coda di cavallo e, nel venirgli incontro, gli sorrideva.

«Ciao, Michael. Sono venuta per darti una mano a trovare una nuova casa alle anatre.»

Non l'aveva mai amata tanto come in quel momento.

«Jellie. Grazie per essere venuta. Sarà un mezzo disastro, temo. Ma le povere bestie hanno diritto a un posto in cui andare.»

Lei gli si avvicinò, gli si appese a un braccio e si appoggiò alla moto, posandogli la testa sulla spalla. Il contatto fisico era stravolgente e inatteso, ma Michael pensò: magari riusciremo almeno a salvare una bella amicizia, chissà. Fu un pensiero brevissimo. Essere amico di Jellie e nient'altro sarebbe stata un'impresa impossibile.

Sopraggiunsero le truppe della Humane Society, scortate da un professore del dipartimento di biologia. Quest'ultimo portava con sé delle gabbie e una rete che poteva essere lanciata sullo stagno con l'aiuto di razzi in miniatura, che impiegò venti minuti a collocare. Jellie non parlò molto, Michael neppure. Entrambi guardavano il professore e i membri della Humane Society, tutti dotati di stivali da palude. Legarono la rete ai razzi lungo la riva, mentre le anatre si svegliavano e nuotavano in cerchio, allarmate e decise a far sapere al mondo quello che pensavano di quelle strane manovre.

Jellie e Michael si avvicinarono all'acqua, dove il professore stava armeggiando con il suo apparato. «Pronti!» disse finalmente. Tutti quanti si tirarono indietro mentre lui lanciava in acqua manciate di briciole. L'allarme è una cosa, le briciole di pane ben altra, e le anatre si precipitarono starnazzando a consumare quello spuntino piovuto dal cielo. Quando furono abbastanza vicine a riva, il biologo accese i razzi, che terrorizzarono le anatre, ma la rete volò sopra lo stagno, scese davanti al disco del sole appena sorto e catturò i dieci spaventatissimi pennuti.

Allora il biologo entrò in acqua, facendo segno agli uomini della Humane Society di seguirlo. Accerchiarono il lato della rete caduto in acqua, spingendo dolcemente rete e anatre verso la riva. Il professore, evidentemente, aveva già svolto altre volte quell'operazione. Guardò Jellie e Michael. «Vi passeremo le anatre. Voi due le metterete nelle gabbie, molto attentamente, se non vi dispiace.» Così dicendo si arrotolò le maniche e infilò le mani sotto la rete, che adesso formava un piccolo semicerchio vicino alla sponda. Era stato molto più semplice di quanto Michael si fosse aspettato. Lui e Jellie misero le bestiole terrorizzate nelle gabbie. Jellie cercava di calmarle, accarezzandole e parlando loro con voce bassa e suadente.

L'intera operazione non richiese più di mezz'ora. Il biologo arrotolò la sua rete mentre Michael e Jellie caricavano le gabbie sul camioncino della Humane Society. Una donna con la camicia marrone e il simbolo della Humane Society of the United States cucito sul petto disse: «Le porteremo al lago Heron, a nord della città. Sapete dove si trova?»

Michael annuì. «Vi seguo in moto.» Si rivolse a Jellie. «Ti va di venire? C'è posto sul furgone, se non ti va di salire in moto.»

Lei guardò la donna della Humane Society. «Ci vediamo là.» In quel momento a Michael sembrò che lei avesse preso una decisione che non riguardava soltanto il mezzo di trasporto con cui raggiungere il lago.

Schiacciò lo starter della moto e aiutò Jellie a montare in sella. Non era mai salita su una moto, quindi lui la istruì su dove appoggiare i piedi e come inclinarsi con lui all'interno delle curve. Lei gli abbracciò la vita e disse: «Sarà divertente, Michael». Partirono nella scia del furgone.

Il campus era ancora immerso nel silenzio all'alba di quel sabato mattina e l'aria si stava scaldando rapidamente, sotto un sole sempre più accecante. La Shadow percorse con andatura fluida le vie di Cedar Bend, poi si tuffò nella campagna sotto gallerie di foglie rosse e gialle. Le braccia di Jellie si strinsero intorno a Michael e il suo corpo aderì a quello di lui. Se avessero seguito la statale fino a sera senza fermarsi, sarebbero arrivati nel Minnesota.

Imboccarono l'accesso al parco statale, sempre seguendo il furgoncino della Humane Society. Attraversarono il parco e raggiunsero il lago Heron, piatto come uno specchio in quella mattina senza vento. Le anatre vennero liberate a pochi metri dall'acqua. Si guardarono attorno, uscirono con circospezione dalle gabbie e si misero subito alla ricerca di cibo. «Ci vorrà un po' di tempo, perché si ambientino», disse il biologo. «Abituate com'erano a ricevere briciole dagli studenti, faranno fatica, in un primo tempo, a procurarsi il cibo da sole. Passerò a controllarle tra qualche giorno. Comunque non vi preoccupate: faranno presto a tornare alla vita selvatica. Inoltre il lago non ghiaccia completamente, durante l'inverno.»

Ecco come doveva andare a finire, pensò Michael, mentre tornavano in città. Lui e Jellie, la moto e limpide mattine d'autunno con la strada che si srotolava davanti a loro. Invece tra poco l'avrebbe lasciata davanti a casa di James Lee Braden III, che probabilmente aveva comprato dei biglietti per la partita di football quel pomeriggio. Diede un'occhiata all'orologio: erano solo le otto e tre quarti. Sarebbe stata una lunga giornata, e una lunga vita.

Jellie stava cercando di dirgli qualcosa, ma la sua voce era coperta dal rumore del vento e dal motore. Rallentò un poco, accostandosi al bordo della strada, e inclinò la testa all'indietro, verso di lei. Jellie gli sfiorò il collo con le dita, parlandogli nell'orecchio: « Possiamo andare da te, Michael? » Lui si girò a guardarla per un istante nei grandi occhi grigi. Stava sorridendo, ma senza malizia. Il suo sguardo era intenso, strano, pieno di amore.

Michael annuì e cominciò a tremare. Lei gli posò la guancia contro la schiena e gl'infilò una mano sotto la giacca e la camicia, accarezzandogli lentamente il petto. La Shadow lo stava riportando a casa, com'era successo tante volte in quegli anni. Ma questa volta c'era anche Jellie Braden, e insieme stavano andando verso un futuro nel quale lui non aveva neppure osato sperare. Quando scesero dalla moto davanti a casa, sentirono odore di foglie bruciate e videro un filo di fumo salire da dietro una casa.

In lontananza si udirono delle voci: stavano cantando l'inno di battaglia dell'università a una riunione mattutina per stimolare il morale dei giocatori in previsione della partita del pomeriggio.

Lui le tenne aperta la porta e lei entrò nell'appartamento, nel mondo privato di un uomo che viveva solo e non se ne dispiaceva. C'erano piatti sporchi nel lavello di cucina, un paio di jeans abbandonati sul pavimento, i vetri sporchi. La cucina era piccola ed essenziale, il salotto era spazioso e da esso si accedeva alla camera da letto.

In un angolo del salotto, vicino alla cucina, c'era un tavolo di legno d'acero coperto di solchi, dove lui consumava i pasti. Le tre sedie intorno erano l'una diversa dall'altra. Sopra il tavolo c'erano una saliera e una pepiera di ceramica bianca, accanto a una pila di tovaglioli di carta.

La zona riservata al lavoro era lungo la parete alle spalle del tavolo. La scrivania era una porta non rifinita posata su cavalletti. Accanto c'era la libreria, di mattoni e legno, con sopra un'asse che ne copriva l'intera lunghezza, carica dei libri che Michael consultava più di frequente. Al centro della scrivania troneggiava un computer, acceso e con lo schermo pieno di parole. Il cursore pulsava come un piccolo cuore. A un'estremità della scrivania c'era un registratore stereo con i nastri impilati alla rinfusa.

Jellie si tolse il berretto di lana e appese la giacca allo schienale di una sedia. Nel guardarsi attorno, si rese conto di sapere molto poco di Michael Tillman. Senza contare che non si erano mai trovati da soli insieme. «Credo di aver bisogno di un drink», decise. «Hai qualcosa di alcolico in casa?»

«Birra, vino e forse anche...» Michael aprì un pensile di cucina e sbirciò all'interno. «...un avanzo di whisky.» Prese la bottiglia: era piena solo per un terzo.

Clarice a volte preferiva il whisky, quando le notti erano lunghe e voleva che diventassero anche selvagge.

«Due dita di Jack Daniel's con ghiaccio e due dita d'acqua dovrebbero bastare», disse lei, con un sospiro.

Michael la fissò insospettito, reggendo la bottiglia a mezz'aria. «Ti senti bene?»

«Sì.» Jellie gli sorrise e scostò dal viso una ciocca di capelli. «Almeno all'ottanta per cento.»

«Posso accompagnarti a casa, se preferisci.»

Lei scosse la testa. I piccoli orecchini d'argento che aveva comprato in India tintinnarono. «Fammi bere prima il Jack Daniel's.»

Michael aveva quattro bicchieri. Al momento erano tutti nel lavello, sporchi. Ne lavò uno e prese dal frigorifero una vaschetta del ghiaccio.

Jellie passò accanto alla scrivania, facendovi scorrere sopra il dito. Tra le altre cose vide un biglietto e due fotografie. Una era di lei in piedi accanto a quel muretto di sassi in Irlanda, l'altra era ingiallita, in bianco e nero, e ritraeva una donna con un vestito lungo e un uomo barbuto vestito con un maglione nero a collo alto, un paio di jeans e dei sandali. Ci mise un po' per riconoscerlo. «Sei tu?»

Michael alzò gli occhi dal piano di lavoro, dove le stava preparando il suo drink. «Sì, parecchi anni fa a Berkeley.» Versò il whisky e le porse il bicchiere. «La ragazza si chiamava Nadia. È diventata un'implacabile femminista, — a dire il vero ce l'aveva nel sangue già allora — e lavora per il Consiglio nazionale delle donne. Ci scambiamo ancora gli auguri di Natale.»

Jellie non commentò. Stava leggendo le parole sullo schermo del computer:

In questo luogo odo ancora il quieto raspare delle cose com'erano una volta. Ci vengo all'alba, ci vengo al tramonto, e in tutte le ore intermedie. Ci vengo per sentire il fruscio delle gonne alle caviglie e le canzoni dei tempi di Gregory. Ci vengo perché le vecchie cose qui ancora sopravvivono, e sono cose che capisco senza rendermi conto del perché.

« Stai scrivendo qualcosa? » domandò lei, sorseggiando il drink e indicando il computer.

« Sì, mi diletto a scrivere, ogni tanto. Credo di aver dentro un romanzo che vuole venire fuori. » Michael stappò una bottiglietta di birra e la posò sul piano di cucina.

« Davvero? »

« Credo proprio di sì, ma è più difficile di quanto pensassi. Quando scrivi un saggio o una relazione per l'università, sei sempre legato alla realtà. Mi risulta ancora molto difficile approfittare della libertà d'inventare una storia. È strano inventare bugie e pensare che un giorno, forse, qualcuno le leggerà e ti loderà per questo. »

« Bugie giustificabili », osservò lei. « A volte succede anche nella vita reale. »

« Se sei una relativista, allora sì. Oppure quando diventa assolutamente necessario nascondere qualcosa in un mondo che è diventato troppo duro e amaro. »

A una delle finestre era appoggiato un cavalletto chiuso. « Trovi il tempo anche per dipingere? »

Michael sorrise e affondò le mani nelle tasche dei jeans. « Ci provo. Conosco un tale di nome Wayne Regenson nel dipartimento di arte. Lui e sua moglie ogni tanto fanno delle litigate tremende e, quando succede, lui passa di qui per un po' di sostegno maschile, cosa che non sono molto capace di offrirgli, ma evidentemente lui si accontenta. In cambio mi sta insegnando la pittura a olio. Andiamo a rilento, però. *Molto* a rilento. Io trovo che per certi versi assomigli alla matematica — a quella vera. Fa lavorare il cervello nello stesso modo. Ti costringe a trovare un modo elegante per dire molto con poco, ti fa accostare la tecnica dell'emisfero cerebrale sinistro alle forme esteriori del destro.»

«Un po' come fare canestro, insomma.»

Lui rifletté per qualche istante. «Sì, un po' come fare canestro.»

«È tuo?» Jellie stava guardando un dipinto a olio, incorniciato e appeso al muro. Rappresentava un gruppo di linee nere verticali dalle quali si diramavano spruzzi di verde e un nastro giallo che pareva allontanarsi da chi guardava, estinguendosi in una macchia rossa.

«Sì. È l'unico che sopporto di guardare. Anzi, direi quasi che mi piace.»

«Anche a me. Ha un titolo?»

«Io lo chiamo *La farfalla fuggita*.»

Jellie alzò il bicchiere e bevve un lungo sorso di whisky. Guardò Michael, poi fuori della finestra. Nell'impietosa e fredda luce di novembre, lui notò per la prima volta i segni del tempo sul suo viso.

«È tutto così strano, Michael. Le nostre conversazioni, le nostre decisioni su che cosa è giusto e che cosa è sbagliato... Tutto così strano.» La banda dell'università stava marciando lungo la strada un isolato più in là, suonando la canzone di battaglia. Jellie Braden guardava le ultime foglie accartocciate d'autunno muoversi nella brezza e staccarsi dai rami per fluttuare lentamente al suolo.

Michael avrebbe sempre ricordato il suo aspetto quella mattina a Cedar Bend, lo sguardo fisso sull'autunno oltre i vetri della finestra. Senza staccare gli occhi dalla strada, Jellie tolse l'elastico dalla coda di cavallo e scosse la testa per sciogliere i capelli. Poi guardò Michael. I suoi occhi erano pieni di dolcezza, adesso, e non più simili a una freccia in volo. «Sono un po' nervosa», disse. «È da molto tempo che... da molto tempo.»

«A che ora devi tornare a casa?»

«Entro sera. Jimmy ha una riunione della sua associazione studentesca. Andranno tutti insieme alla partita e poi a cena. Io non me la sento di andare a vedere tutti quei signori attempati che si mettono le mani addosso e si dicono battute vecchie di vent'anni. È più di quanto possa tollerare. Inoltre c'erano le anatre da salvare.» Jellie sorrise.

A metà pomeriggio sentirono l'ululato della folla che gremiva lo stadio. Il boato giunse loro filtrato da un nastro di ballate di Cleo Laine e dalle dolci insulsaggini sussurrate in lingua tamil da Jellie Braden.

«Se Dio esiste, esiste solo in momenti come questo», le aveva detto una volta un uomo. E lei lo ripeté a Michael Tillman in inglese, toccandogli il viso con le mani, guardandolo negli occhi, amandolo e sentendo la mancanza dell'altro, e persino confondendoli, lui e quell'altro uomo di tanti anni prima, anche se le dispiaceva per Michael.

Lui vide il sangue pulsarle nell'incavo della gola e

i suoi occhi farsi ancora più grandi mentre s'inarcava offrendogli i seni. Michael non poteva saperlo, ma in quel momento dentro di lei si avvicendavano immagini delle terre alte di un paese antico, dove mani scure si erano mosse su quello stesso petto e una voce le aveva ordinato: «Apriti ora, Jellie. Apriti tutta. Datti a me, senza timore, e quando sarà finito ti restituirò a te stessa». Laggiù lei ricordava di aver gridato, in un misto di piacere e paura. E lo fece ancora una volta in un letto nell'Iowa, ma il grido si tramutò in un gemito sommesso e involontario per tutte le cose che un tempo aveva provato, e ora provava nuovamente con un altro uomo, a suo modo singolare, che viveva in un mondo personale non meno esotico dell'India.

Michael intuì che quel giorno Jellie stava facendo e sentendo cose non attribuibili alla sua vita con Jimmy Braden. Era chiaro che lei aveva superato frontiere sensuali oltre le quali il marito non si era mai avventurato. La nudità non la metteva in imbarazzo e c'era qualcosa nel modo in cui si muoveva libera e disinibita sotto di lui e con lui. Le sue mani erano esperte e stupefacenti in ciò che facevano. Le sue parole, quando si erano sdraiati sul letto ancora vestiti e lei si era allontanata di qualche centimetro da Michael per guardarlo in faccia, erano state dirette e sorprendenti: «Mi sembra di ricordare che è meglio che io mi tolga i jeans, se vogliamo che la cosa riesca nel migliore dei modi».

Più tardi, con le strade invase dal traffico del dopopartita, lui andò in cucina a prendere due birre. Quando tornò in camera da letto Jellie era seduta con le gambe ripiegate sotto di sé. Gli sorrise, i lunghi capelli scompigliati che le nascondevano i seni. Lui le si sdraiò accanto e lei gli accarezzò il petto. «È valsa la pena di aspettare», gli disse. Malachi si era allungato sulla soglia, la testa sulle zampe, gli occhi marroni fissi sul letto. Pentolina, seduta sul comò, era intenta alla toilette quotidiana.

Michael fece scorrere la mano sul corpo liscio di Jellie. «Adesso lo so, ma non mi sembrava così mentre aspettavo.» Si sollevò su un gomito. «Uno dei miei difetti è che, dopo aver fatto l'amore, mi viene una fame da lupo. Che cosa ne diresti di un toast al formaggio? Non ho altro in casa.»

«Fanne tre. Ne mangeremo uno a testa più una metà.» Jellie lo baciò sulle labbra. «La mia passione segreta sono le patatine fritte con un po' di cipolla. Ce l'hai qualche patata bella grossa, motociclista? Intendo dire in cucina.»

«Ce l'ho, Jellie-che-qualche-volta-parla-sporco-nel-pomeriggio. Ho anche le cipolle e litri di birra.»

«Viviamo in un periodo di vacche grasse. Tu prepara i toast, io provvederò alle patate. Va bene?»

«Va bene? Dobbiamo vestirci? Amo vederti nuda.»

«Certo che no! Se i miei sospetti si avverano — e lo spero ardentemente — andremo avanti, dopo mangiato. Vestirsi sarebbe fatica sprecata.» Jellie saltò giù dal letto. «Andiamo nudi nella nuda cucina per un pasto nudo, allora. Chi ha già detto pasto nudo? Dovrei saperlo. William...»

«Burroughs. Quel vecchio rude e bizzarro di Williams S. È il titolo di uno dei suoi libri.»

«Vieni giù dal letto e mostrami dove sono le patate, Capitan America. Anch'io sto morendo di fame.»

* * *

Due settimane più tardi lei se n'era andata. Aveva sofferto di terribili sensi di colpa nei riguardi di Jimmy, e anche Michael. Una volta lei aveva persino pianto. «Come posso essere così cattiva ed esserne contenta? Ti voglio così tanto che il resto non conta più, neppure i sensi di colpa.»

Ma qualcosa era andato storto, nel loro matrimonio. Ne risentivano già da molto tempo e il semestre in Inghilterra non aveva fatto che affrettare la crisi. Michael domandò se quella non fosse semplice razionalizzazione allo scopo di giustificare i loro atti libidinosi, ma lei scosse la testa. «Continuo a pensare a una parola: *inerzia*. A volte ho l'impressione che molte persone stiano insieme solo per questo motivo. Jimmy e io stiamo cavalcando un cavallo stanco, ma non smontiamo perché non sapremmo che cos'altro fare. Jimmy vuole tentare la carriera amministrativa in università, vuole diventare preside, e io non riesco proprio a entusiasmarmi alla cosa. Che cosa può esserci di eccitante nell'essere la moglie di un amministratore qualunque? Gli ho detto che voglio finire il master, tentare il dottorato, cercare un posto come insegnante. Lo sai che cosa mi ha risposto? Che sarebbe davvero un colpo di fortuna se tutti e due trovassimo lavoro nella stessa università. Ne abbiamo discusso un paio di volte mentre eravamo in Inghilterra, e abbiamo sempre finito per litigare.»

Michael l'aveva lasciata parlare, sperando che riuscisse a fare chiarezza nella ridda di sentimenti che si agitavano nel suo cuore. Sotto molti aspetti Jellie era una donna tradizionale, anche se sotto altri era emancipata, e decisa a trovare la propria strada nel mondo. Era già difficile uscire da sola da questo guazzabuglio, ma ora che ne faceva parte anche Michael era diventato quasi impossibile. Quando lui glielo aveva fatto notare, lei era stata tanto gentile da assicurargli che lui non c'entrava per niente, ma era difficile crederle.

Per il Ringraziamento Jellie sarebbe andata a Syracuse. I suoi genitori avevano fatto lo sforzo di venire a Cedar Bend l'anno prima, quindi toccava a lei andarli a trovare. I famigliari di Jimmy sarebbero venuti a Syracuse da Long Island. Lei e Michael avevano trascorso insieme l'intero pomeriggio del giorno precedente la partenza e Michael aveva notato nella sua condotta qualcosa di leggermente diverso dal solito, qualcosa che aveva finito per spaventarlo.

«Qualcosa non va, Jellie?»

Lei lo aveva guardato con profondo affetto. Non c'erano dubbi sui suoi sentimenti. «Proprio no», aveva risposto. Michael non aveva insistito, sicuro che, qualunque cosa fosse, sarebbe presto passata.

Nel lungo weekend del Ringraziamento Michael tentò di tenersi occupato, ma in realtà contava le ore che lo separavano dal ritorno di lei. Nel giorno del tradizionale tacchino si preparò un panino al tonno, che mangiò guardando la foto di Jellie vicina al muro di sassi in Irlanda. La tastiera del computer era impolverata e la moto aveva bisogno di qualche piccolo intervento, ma lui non era motivato a far nulla, se non uscire per il suo jogging mattutino e pensare a lei.

La domenica sera il capo del dipartimento lo chiamò chiedendogli di sostituire Jimmy per la lezione di econometria il mattino dopo. Jimmy era stato trattenuto a Syracuse per un'emergenza personale. Il capo dipartimento non sapeva altro. Michael credette d'impazzire e si mise a camminare su e giù per il salotto, sotto gli occhi vagamente meravigliati di Malachi e Pentolina.

Arrivò il lunedì sera, e ancora nessuna notizia. Michael chiamò il servizio informazioni e si fece dare il numero di casa Markham. Gli rispose Eleanor. Michael, con la scusa di essere stato nominato supplente di Jimmy, domandò che fine avesse fatto e quando avesse intenzione di tornare. Si accorgeva di essere poco convincente, ma non era nello spirito per mostrarsi brillante e sicuro di sé.

La signora Markham fu molto fredda, per non dire brusca, ma gli disse che Jimmy era partito per Cedar Bend. La donna aveva intuito già un anno prima che tra Michael e la figlia c'era qualcosa, ma durante quel fine settimana doveva aver appreso l'intera storia, Michael lo intuì da come gli parlava. Aveva detto che *Jimmy* stava tornando. Non aveva nominato Jellie, né usato il verbo al plurale. Michael moriva dalla voglia di chiederle che fine avesse fatto Jellie, ma ebbe la chiara sensazione che Eleanor non avesse alcun desiderio di prolungare la conversazione.

Riappese e credette di diventare pazzo. Quindici minuti più tardi squillò il telefono. Era Jimmy. Era appena tornato e voleva venire a casa sua. «Vieni pure», gli disse Michael. «Non c'è problema. Puoi venire anche subito, se ti va.» Esagerò con i convenevoli, insomma, ma Jimmy non era uomo di grande sensibilità e non ci fece minimamente caso.

Cinque minuti dopo bussava già alla sua porta. A Michael bastò guardarlo per capire che non sarebbe stata una serata allegra. Jimmy era senza cravatta, aveva gli abiti spiegazzati e i capelli arruffati. Non era il solito Jimmy Braden di Newport che lui era abituato a incontrare nei corridoi di Bingley Hall.

« Michael, è successa una cosa terribile e non ho nessuno con cui posso parlarne. Sto per cadere letteralmente a pezzi. »

Una voce dentro Michael gridava: Jimmy Braden, brutto bastardo, che fine ha fatto Jellie? Gridava tanto forte che Jellie, se solo avesse prestato orecchio, avrebbe potuto sentirla, ma non stava ascoltando. Si sedette su una delle tre seggiole spaiate, si prese la testa tra le mani e cominciò a piangere. Michael cercò di calmarsi. Doveva restare calmo e fare le domande giuste.

« Dimmi tutto, Jimmy. Che cos'è successo? C'entra per caso tua moglie? »

Jimmy, singhiozzando, fece di sì con la testa. Non lasciarti prendere dal panico, si disse Michael. Prendi l'informazione, vai a fondo, ometti le domande pericolose e tendenziose. « Dov'è Jellie? »

L'altro alzò gli occhi pieni di lacrime e sputò il rospo: « È tornata in India ».

« Come? In India? Perché? Che cosa sta accadendo? Dimmi tutto dall'inizio, Jimmy, altrimenti non potrò esserti di nessun aiuto. Perché è partita? »

« Non lo so. Non avevamo neppure litigato. Sabato mattina mi ha detto che sentiva il bisogno di riflettere e perciò partiva per l'India. Cristo, Michael, l'ho supplicata, ho strisciato. Le ho detto di essere pronto a qualunque cosa, purché non se ne andasse, ma non ha voluto dirmi neppure una parola. Non sembrava arrabbiata o seccata. Niente di tutto questo. Ma era distante, capisci? Come se avesse qualcosa per la testa. È stata una scena pietosa, un inferno. I suoi genitori urlavano, i miei urlavano, io barcollavo per la casa e lei, tranquilla e pacifica, si è messa a preparare la valigia.»

«D'accordo», cercò di ragionare Michael. «Non sappiamo perché è partita, ma tu sai *dove* è andata? Una volta ha nominato un posto che si chiamava Pondicherry, nel Sud-Est. Era diretta lì?»

«Non ne ho idea.»

Jimmy era di nuovo sull'orlo delle lacrime. Michael frugò la casa in cerca di una scatola di fazzoletti di carta ma, non riuscendo a trovarla, andò in bagno e tornò con un rotolo nuovo di carta igienica. Jimmy ne staccò una striscia e si asciugò gli occhi, ma aveva la gola stretta e la voce era strozzata. Si soffiò il naso e disse: «Ho cercato di scoprire dove era diretta, ma le linee aeree non danno questi tipi d'informazioni sui passeggeri. L'India è enorme e non si può sapere dove sia andata, comunque anch'io le ho sentito nominare molte volte Pondicherry.»

Jimmy non beveva né caffè né birra. Michael gli versò un bicchiere di succo d'arancia, si accese una sigaretta e andò a sedersi a braccia conserte sulla moto. Alzando gli occhi vide la foto di Jellie appesa alla parete e immediatamente decise che era meglio non farla vedere a Jimmy. Quando quest'ultimo si asciugò ancora gli occhi, lui ne approfittò per staccarla e infilarla sotto alcune carte ammonticchiate sulla scrivania. Jimmy Braden aveva la schiena curva, i gomiti sulle ginocchia, e guardava sconsolato quello stesso tavolo sul quale Michael e sua moglie avevano fatto l'amore meno di una settimana prima, facendo cadere a terra rovinosamente la saliera e la pepiera. Lei si era messa a ridere.

« Quando è partita, Jimmy? Con quale compagnia? »

« Se n'è andata sabato sera. Ha preso un volo per l'aeroporto Kennedy. Non ha permesso né a me né a nessun altro di accompagnarla all'aeroporto di Syracuse e non mi ha detto con quale volo da New York sarebbe partita. »

« Non è da lei », commentò Michael. La dolce e sorridente Jellie li aveva piantati tutti quanti in asso. Strano, davvero molto strano.

« Lo so bene. È per questo che sono così preoccupato, Michael. È tutto così incredibile. »

Ma forse, pensò Michael, si sbagliavano tutti e due. Forse *era* da lei. Potevano esserci cose di Jellie Braden che entrambi ignoravano.

« Adesso voglio chiederti una cosa, Jimmy. Puoi scegliere se rispondermi o no. Ho sempre avuto la sensazione che a tua moglie non andasse molto di parlare del suo periodo trascorso in India. Le è accaduto qualcosa, mentre era laggiù? »

Jimmy alzò di scatto la testa. « Non posso parlartene, Michael. Lo farei volentieri, ma non posso proprio. Cerca di capire. »

Michael non poté che apprezzare la sua lealtà nei confronti di una moglie che lo aveva appena abbandonato. Sarebbe stato facile, in un momento come quello, vuotare il sacco, ma Jimmy era un uomo troppo integro. Forse era migliore di quanto Michael stesso lo avesse giudicato.

« D'accordo. Allora ti chiederò qualcos'altro. Credi che quello che le è successo in India possa avere a che fare con la sua improvvisa decisione di tornarci?»

«E chi lo sa? Se mi ha detto la verità sul suo primo soggiorno laggiù, non vedo proprio la connessione. Non posso parlarne, però posso dirti che si tratta di una storia conclusasi molto tempo fa, o almeno così credevo.»

Michael aveva bisogno di tempo per pensare, stare solo e cominciare a cercare le diverse alternative. Tuttavia non voleva rispedire Jimmy a casa da solo in quelle condizioni.

«Vuoi che ti trovi qualcuno in grado di sostituirti per un po', almeno fino a quando non ti sarai ripreso?»

«No. Ho bisogno di tenermi occupato. Non sono mai stato capace di stare seduto a pensare, io. Non sono tipo da introspezione. Devo cercare di riprendermi in fretta, e forse tornare in aula mi aiuterà. Jellie ha solo bisogno di un po' di tempo per riflettere, ne sono sicuro.»

Michael abbassò la propria opinione di Jimmy molto più di quanto l'avesse alzata poco prima. *Santo cielo, non puoi tollerare una cosa simile, vecchio pinguino! manda al diavolo le lezioni, salta sul primo aereo per l'India e vai a cercare tua moglie! Parlale, cerca di capire che cosa le frulla in testa*. Ma Jimmy Braden non l'avrebbe mai fatto. Avrebbe incassato il colpo, aggrappandosi alla speranza.

Ma Jimmy Braden non aveva mai cambiato l'olio alla macchina di un banchiere quando il sole era alto nel cielo e il vento da ovest soffiava tanto caldo che i vestiti sporchi di grasso ti si appiccicavano alla pelle sudata. Non aveva mai ficcato la testa sotto il cofano di un'automobile per ascoltare il ronzio del motore mentre suo padre si aggirava per il garage con una fiaschetta di vino in tasca, urlandogli di sbrigarsi. E Jimmy Braden non aveva mai scartato gli avversari sulla destra per spiccare un formidabile salto in aria nonostante il ginocchio dolorante e dodicimila assatanati che gli gridavano metà a favore, metà contro.

Jimmy aveva cavalcato l'onda della ricchezza e del lignaggio sperando che lo trasportasse fino a riva, ma l'onda si era appianata lasciandolo a mollo. Non aveva mai guidato la moto con il vento alle spalle, il che lo rendeva del tutto inerte quando c'era bisogno di mostrarsi autoritario. Se non c'è bisogno di scalare la montagna, allora non c'è motivo per imparare a farlo. Questa era la mentalità di Jimmy, e Michael la capiva bene.

Ma non era la *sua* di mentalità. In quel momento provava per Jimmy Braden un sentimento triste e profondo. Dentro Jimmy, per quanto sepolto da secoli di patinata civiltà, doveva pur esserci il più antico istinto dell'uomo, vecchio di quarantamila anni e nato sulle praterie, quando la scelta era o combattere per ciò che possedevi, oppure vedertelo soffiare da sotto il naso da un mondo ostile e crudele. La civilizzazione ha i suoi vantaggi, ma aveva privato Jimmy e molti altri come lui degli istinti primordiali.

Quando la situazione si fu calmata e Michael fu ragionevolmente certo che il marito di Jellie Braden potesse superare la notte da solo senza attentare alla propria vita, lo caricò quasi di peso sulla sua Buick e lo salutò con la mano. Jimmy aveva detto che il solo parlare di rimettersi al lavoro lo aveva fatto sentire meglio, che se non gli fosse rimasto almeno l'insegnamento sarebbe morto e che, magari, avrebbero potuto parlare ancora l'indomani. Aveva fatto anche una strana affermazione, sostenendo che ciò che sentiva, probabilmente, era solo una questione d'orgoglio. Qualcuno degli antichi istinti, evidentemente, sopravviveva ancora in lui, ma non era abbastanza forte da spingerlo all'azione. La sua auto non era ancora sparita dietro l'angolo che Michael si precipitò in casa e aprì le Pagine Gialle alla ricerca dei numeri delle compagnie aeree.

8

Se vuoi arrivare in India velocemente, devi viaggiare con l'Air India. È la linea aerea nazionale e funziona benissimo. Ogni sera alle otto e trenta parte dall'aeroporto Kennedy il volo 102, con scalo a Londra la mattina dopo. Da lì il volo riparte con destinazione Delhi o Bombay, a seconda del giorno.

Ci sono altre possibilità, alcune delle quali molto contorte. L'Aeroflot ti porta a Delhi, ma devi sobbarcarti una lunga sosta a Mosca. Prima del fallimento, la Pan Am andava a Delhi due volte la settimana da New York, via Francoforte. Queste erano le rotte orientali più battute, esclusa la British Airways, che Michael non aveva mai preso. Le rotte occidentali potevano essere ancora più tortuose, con lunghi scali notturni a Bangkok, Kuala Lumpur o Singapore.

Dopo aver consultato l'atlante per localizzare con esattezza Pondicherry, Michael chiamò la Air India. I voli erano al completo per i successivi quattordici giorni, con due soli posti disponibili l'11 dicembre e uno il 13. Da allora non c'era più un buco fino a Natale.

Dato il grande numero di espatriati ed ex cittadini sparsi per il mondo, l'India gode di un servizio aereo internazionale decisamente scarso, ma tutti gli indiani cercano di tornare a casa per Natale e, dal Ringraziamento in poi, i loro aerei sono zeppi.

Michael frugò tra i suoi libri finché non riuscì a trovare una guida aerea internazionale vecchia di tre anni. La British Airways aveva un volo diretto Chicago-Londra e, da Londra, una coincidenza per Madras, sulla costa orientale. Pondicherry era circa centocinquanta chilometri a sud di Madras, sul Golfo del Bengala. Quell'ultimo tratto non lo preoccupava: se poteva arrivare a Madras, in qualche modo avrebbe raggiunto anche Pondicherry. Quello che lo impensieriva di più era arrivare nel subcontinente indiano. L'India ha la rete ferroviaria migliore del mondo, in termini di numero di treni viaggianti. Dove non arrivava il treno, arrivava l'autobus. Per raggiungere i luoghi più remoti, dove non arrivava neppure l'autobus, si poteva sempre cercare una macchina con l'autista. In mancanza anche di quest'ultimo, si sarebbe avventurato a piedi. Non gl'importava. Gli stava a cuore soltanto Jellie Braden, sperduta tra le folle immense dell'India. Se non l'avesse trovata a Pondicherry, però, sarebbero stati guai. Se Jellie aveva deciso di rendersi introvabile, in India ci sarebbe riuscita perfettamente. Ma lui avrebbe provato lo stesso.

Chiamò la British Airways. Sì, rispose la voce dolce e molto inglese dell'impiegata delle prenotazioni, il volo esisteva ancora, ma era completo per le prossime tre settimane. Il signor Tillman desiderava essere messo in lista d'attesa? Sì. Michael richiamò l'Air India e si fece scrivere anche nelle loro liste d'attesa, pronto a saltare sul primo aereo con un posto libero. Andava bene qualunque giorno, insistette. Qualunque giorno.

Aveva, adesso, molte cose da fare. Prima di tutto doveva chiamare sua madre. Parlarono a lungo. Erano vent'anni che trascorreva il Natale con lei ma, le spiegò, questa volta doveva partire urgentemente per l'India e non sapeva quando sarebbe tornato.

Lei stava diventando sorda, ma captò qualcosa nel modo di parlare del figlio, nel suo fervore, nella sua fretta. «Michael, non dirmi che ti sei finalmente trovato una ragazza? Non ti avevo mai sentito parlare così, prima. È di questo che si tratta?»

«La risposta è forse, mamma. Non posso dirti altro, per ora. Ma è molto importante che io parta per l'India, anche se mi dispiace da morire non essere con te il giorno di Natale.»

«Non ti preoccupare di questo, Michael. Siamo stati già abbastanza fortunati a poter passare insieme tanto tempo in questi anni. Va' in India e trova questa ragazza, chiunque sia. Poi portala a casa perché io la possa conoscere. Non ho ancora perso la speranza di avere dei nipotini, sai?»

«Ti prometto che verrò a Custer appena sarò tornato.»

«Ma certo, Michael. Adesso va'. Chissà quante cose avrai da fare prima di partire. Non voglio farti perdere altro tempo.»

La segretaria del dipartimento era una persona di grande saggezza, che conosceva tutte le regole dell'università e il modo per aggirarle. Michael le mandava sempre, alla fine dell'anno accademico, una bottiglia di vino e un mazzo di fiori. Lei accettò di compilare i suoi fogli con i voti e di falsificare la sua firma. Non gli domandò neppure perché dovesse farlo. Lui la pregò di non parlarne con nessuno e lei rispose: « Non ti preoccupare. Sono dalla tua parte. Dovunque tu vada così in fretta e qualunque cosa tu debba fare una volta arrivato a destinazione, però, mi piacerebbe essere una mosca sul muro ». Gli sorrise e gli strizzò l'occhio.

Jimmy Braden era rientrato a Cedar Bend il lunedì sera. Il martedì Michael annunciò ai suoi studenti che quello sarebbe stato l'ultimo giorno di lezione. Dal momento che non avrebbero dovuto sostenere alcun esame finale, ciascuno avrebbe avuto mezzo voto in più di quelli attualmente segnati sul suo registro. Al diavolo: una volta ogni tanto si ha il diritto di essere generosi. I ragazzi esultarono, gettando in aria berretti e cappelli, e da in fondo alla classe una studentessa gridò: « Le vogliamo bene, professor Tillman! Buon Natale ». Michael allungò una banconota da cento dollari a uno degli studenti di scienze economiche che abitavano nel suo stabile, per assicurarsi che si prendesse doverosamente cura di Malachi e Pentolina.

Avrebbe viaggiato con poco bagaglio. Pochissimo. Aveva prenotato un volo per New York, ma da lì in avanti non aveva riservato nessun posto e poteva restare bloccato in qualunque aeroporto tra il punto di partenza e la destinazione: New York, Mosca, Londra, il Cairo, Atene. Ovunque. Poteva metterci anche una settimana per raggiungere l'India. Jimmy Braden sarebbe rimasto a Cedar Bend a piangere e torcersi le mani. Aveva già raccontato la sua storia ad almeno cinque persone, quindi stava ricevendo sostegno morale da tutti.

Lui invece sarebbe andato in India a scovare Jellie, e subito. Jellie doveva aver avuto un motivo serio, per andarsene in quel modo, e Michael aveva la netta sensazione di essere indirettamente responsabile della sua partenza. Forse sbagliava, forse no. La gente fa perdere le proprie tracce, in India. È per questo che ci vanno in tanti. Doveva trovare Jellie prima che si lasciasse totalmente assorbire, che si ritirasse a meditare in cima a una montagna o entrasse a far parte di qualche comune sperduta nelle campagne, dove non l'avrebbe mai più rintracciata.

Ripescò il suo vecchio zaino da viaggio. Prese tre camicie, di cui una sola pulita, di cotone pesante, che indossò. Avrebbe portato con sé due paia di jeans, di cui uno addosso, e dei pantaloni kaki. In viaggio avrebbe indossato una giacca mimetica e un maglione di cotone blu scuro. Le scarpe? Avrebbe calzato un paio di stivali anfibi e ficcato nello zaino dei sandali. Poteva sempre comprarsi dei vestiti in India, in caso di necessità: i *khurtas* gli sarebbero andati benissimo. Prese poche altre cose essenziali, tra le quali una mappa dettagliata del subcontinente indiano acquistata nel corso della sua ultima visita che indicava, oltre alle linee ferroviarie, anche i collegamenti aerei locali. Una piccola torcia elettrica, un vecchio berretto di cotone con la tesa larga.

Purtroppo non aveva in casa pillole contro la malaria. Avrebbe corso il rischio. No: avrebbe chiamato il medico perché telefonasse lui in farmacia e sarebbe passato a ritirare le pillole andando all'aeroporto, anche se avrebbe dovuto cominciare a prenderle una settimana prima della partenza. Riempì lo zaino: piegò le camicie e arrotolò i pantaloni con dentro qualche capo di biancheria, sotto gli occhi attenti di Malachi e Pentolina. Sopra il tutto mise i sandali, poi tirò il cordino per chiudere lo zaino. Era strapieno. Provò a sollevarlo: non pesava troppo. Mancava qualcosa? Una piccola borraccia. In India non è sempre facile trovare acqua da bere.

Il giovedì mattina alle otto un taxi si fermò davanti a casa di Michael. Erano passate sessanta ore da quando Jimmy Braden si era seduto al suo tavolo di cucina con la testa tra le mani. Era così strano. Jimmy Braden si trascinava per Bingley Hall lagnandosi con tutti quanti di come quell'arpia di Jellie lo avesse trattato, era il suo modo di difendersi, e intanto Michael stava partendo per andarla a cercare, ma Jimmy non lo sapeva. Una sosta in farmacia, un'altra in banca. Tremila dollari in traveller's cheque, da cento dollari l'uno. Cinquecento in contanti.

All'aeroporto, in attesa d'imbarcarsi sul jet che lo avrebbe portato a Chicago, Michael si sovvenne di un particolare che aveva trascurato, e telefonò alla segretaria del dipartimento. Dopo averlo ascoltato, lei disse: «Michael, è appena arrivato un telegramma per te. Consegnato a mano».

Lui rifletté per un secondo. Poteva essere rischioso farlo aprire alla segretaria, perché poteva essere di Jellie. «Betty, leggimelo. Ma forse, quando avrò saputo che cosa dice, dovrò chiederti di mantenere un segreto molto imbarazzante. Ti dispiace?»

«Se raccontassi in giro tutto quello che succede qui dentro, Bingley Hall esploderebbe. Senza contare che mi sono fatta una mezza idea su quello che sta succedendo. Ti ho visto cambiare, in questi ultimi mesi. E ti ho visto in moto vicino al lago Heron una mattina non molto tempo fa, con dietro una certa persona. Non ho detto nulla né allora né adesso. Ma basta mettere insieme questa tua nuova amicizia con le lacrime che scorrono a fiumi nell'ufficio di Jimmy Braden — e nel resto dell'edificio, purtroppo, e non ci vuole un genio matematico per tirare le somme.»

«Betty, Betty... Finirai per diventare uno dei grandi amori della mia vita. Leggimi il telegramma.»

«Lo sto aprendo. Dice ore milletrecento. Come sarebbe, Michael?»

«Vuoi dire le tredici e zero zero, Betty? Di che giorno?»

«Di oggi. Com'è possibile?»

«Fusi orari. È stato spedito alla una e mezzo di questa notte ora nostra. Che cosa dice?»

«Dice: 'Ti prego cerca di capire. Mi servono tempo e spazio per analizzare quello che provo. Mi farò viva presto. J.'».

Al diavolo lo spazio e il tempo, pensò Michael Tillman. A volte è davvero meglio lasciare che le cose vadano per il loro verso, come faceva regolarmente Jimmy Braden, ma altre volte bisogna tuffarcisi in mezzo e pilotarle. Jellie era confusa e lui non le avrebbe permesso di aggirarsi per il mondo con la mente offuscata. Se andare a cercarla fino in India significava rovinarle l'esistenza, tanto peggio per tutti e due. Ma non sarebbe rimasto seduto al calduccio a Cedar Bend in attesa di tempi migliori.

«Betty, da dove viene il telegramma? Da quale città?»

«Madras. L'ho pronunciato giusto?»

«No, ma non fa nulla. In America non c'è nessuno

che lo pronunci come si dovrebbe. Adesso metti il telegramma nel tritarifiuti e dimenticatelo.»

«Lo farò appena riattaccato. Un'altra cosa, Michael...»

«Sì?»

«Io faccio il tifo per te. Trovala.»

«Grazie, Betty. Preferisci le collane o i bracciali?»

«Sai bene che non è necessario. Ma ho sempre desiderato un braccialetto esotico. Se ti capita...»

«Contaci. Addio, e grazie ancora. Chiamano il mio volo.»

«Ciao, Michael, e buona fortuna.»

A Chicago Michael telefonò all'Air India e fece controllare dalla British Airways, ma non si era liberato nessun posto. «Che cosa ne direbbe se andassi all'uscita e aspettassi di vedere se qualcuno non si presenta?» domandò all'impiegata al banco della British Airways.

«Può tentare.» Guardò il suo biglietto. «Il suo volo per New York parte prima del nostro per Londra. Se aspetta e non trova posto, resterà bloccato qui.»

«Rischierò. Mi sento fortunato, oggi.»

Lei si strinse nelle spalle e immise il suo nome nel computer, in lista d'attesa. «Deve andare al nuovo terminal, quello in fondo. Auguri.»

Michael comprò le sigarette e bevve un caffè, poi andò al nuovo terminal. Il volo 42 della British Airways sarebbe partito per Londra entro un'ora e un quarto. I passeggeri formavano una lunga fila lungo la parete del terminal. Bagagli... non era mai riuscito a capire perché la gente si portasse dietro tanta roba. Enormi valigie tenute chiuse con lo spago. Regali di Natale, sacchi a pelo, bambini stanchi con il naso gocciolante che piangevano appesi al braccio dei genitori.

La fila procedeva lentissima. Venticinque minuti alla partenza, poi solo venti. Al check-in erano rimaste solo due persone. « Signor Michael Tillman, Michael Tillman al banco British Airways. »

Lo raggiunse in quattro secondi.

« Signor Tillman, abbiamo un posto per lei sul volo per Londra in partenza tra quindici minuti, ma non possiamo confermarle il posto per Madras. Vuole partire lo stesso questa sera? »

« Sì. Pago con la carta di credito. »

Sei ore più tardi Michael guardava l'Irlanda nella luce dell'alba, e pensava a Jellie in piedi vicino a un muretto di sassi chissà dove, che si faceva scattare una polaroid finita niente di meno che nell'Iowa. Solo che adesso la foto era nella tasca della sua giacca mimetica. Se vuoi seguire le tracce di una persona scomparsa, una sua foto può sempre tornarti utile. Ci aveva pensato solo all'ultimo momento, ma pur sempre in tempo.

Heathrow era caotico come sempre. Michael attraversò il salone dei passeggeri in transito e andò nel terminal vero e proprio, dove avrebbe potuto guardare negli occhi gli impiegati delle compagnie. Nessun problema. L'agente gli spiegò che molte persone hanno l'abitudine di prenotarsi su più di un volo con nomi diversi, e durante la nottata avevano ricevuto parecchie cancellazioni.

« Vuole prenotare anche il ritorno, signor Tillman? »

Michael prenotò per il 12 gennaio, pochi giorni prima dell'inizio del semestre. I funzionari indiani preferiscono che tu abbia un biglietto di ritorno, prima di concederti il visto. È una precauzione che risale ai tempi degli hippie, quando i giovani occidentali andavano in Oriente alla ricerca della verità e dell'illuminazione e finivano per fumare la droga, trasformandosi in un peso per l'assistenza sociale indiana.

Michael mise mano alla carta di credito, ritirò il biglietto e si diresse verso la metropolitana per Londra. Disse a un funzionario dell'aeroporto di aver bisogno di un visto per l'India e fu indirizzato nella giusta direzione. Tre ore più tardi era di ritorno a Heathrow, aveva passato la dogana e si sedeva nel salone del transito. Mancavano cinque ore alla partenza per Madras.

Il tempo per Michael volava sempre, nei grandi aeroporti. Gli piaceva guardare le persone che andavano e venivano, oppure leggere, o sonnecchiare. Dopo essere andato in bagno a sciacquarsi la faccia, comprò il *Times*, trovò una comoda poltroncina su cui sedersi e posò i piedi sullo zaino. Ma non riusciva a concentrarsi sul giornale e finì per prendere la foto di Jellie che teneva in tasca. Rimase a contemplare la sua immagine mentre gli altoparlanti chiamavano i passeggeri ai voli in partenza per le destinazioni più lontane. Da qualche parte là fuori, nel mondo, c'era una donna di nome Jellie Braden. Da qualche parte, chissà dove.

9

Nonostante quello che aveva detto una volta a Jellie, Michael non era affatto un tipo distaccato. Forse un poco cinico, magari più di quanto non avesse il diritto di essere, ma distaccato no. Non lo era mai stato. Era uno dei vantaggi derivanti dalla sua passata gioventù. Era cresciuto senza aspettarsi troppo e, quando la vita gli riservava qualche bella sorpresa, per lui era sempre una grande gioia. I lunghi viaggi erano, per Michael, una bella sorpresa che si rinnovava di tanto in tanto. Quando il pilota annunciò dall'altoparlante che stavano sorvolando Baghdad, lui guardò giù dal finestrino e vide, dodicimila metri più sotto, la città marrone circondata dal deserto.

L'aveva già vista durante il suo primo volo in India, pensando: Baghdad! Chi l'avrebbe mai detto che un giorno saresti passato nel cielo di Baghdad? I ricordi lo investirono come una ventata e rivide se stesso mentre lavorava alla Shadow nella stazione di servizio del padre, trent'anni prima. Lavorava e guardava la statale alle sue spalle, sapendo che la moto avrebbe potuto portarlo molto lontano se avesse imparato tutto quello che c'era da sapere sulle valvole, gli ingranaggi e le strade che correvano verso est.

Quando mancavano due ore all'atterraggio, Michael prese dallo zaino il rasoio e andò in uno dei minuscoli bagni. Questo genere di viaggio lasciava una specie di pellicola sul corpo e sulla mente e lui aveva preso l'abitudine di radersi e lavarsi con cura prima di scendere a terra. In qualche modo così sgombrava anche la mente.

La cabina era ancora immersa nell'oscurità. Molti dormivano, qualcuno leggeva con la lampadina accesa. Le hostess stavano chiacchierando tra loro nella cucina. Lui mise dentro la testa e chiese una tazza di tè. Gliela prepararono all'istante e lui tornò al suo posto con la tazza fumante in mano, sentendosi in buona forma, ma con quella speciale stretta allo stomaco che immancabilmente lo attanagliava ogni volta che si avvicinava a una destinazione lontana, particolarmente l'India.

Alzò la tendina e guardò fuori. L'India era già sotto di lui, come una donna distesa al sole. Stava albeggiando e lui vide nella luce rosea le colline accidentate e qualche macchia verde di giungla. Le luci si accesero, venne annunciata la colazione. Michael non aveva voglia di mangiare, ma si sforzò di mandare giù un po' di pane tostato e frutta: poteva passare diverso tempo prima che avesse nuovamente occasione di mettere qualcosa sotto i denti.

L'aereo si abbassò su quel labirinto che era Madras, città portuale sul Golfo del Bengala. Popolazione stimata: oltre i quattro milioni. L'India guarda a queste cifre con noncuranza, però, perché le città risentono di un flusso costante di arrivi e partenze, soprattutto arrivi. L'India è un paese in movimento, questa era l'impressione dominante che Michael aveva sempre avuto di essa. Ovunque si guardasse, nelle città o nelle campagne, c'era gente che camminava, andava in bicicletta, si appendeva agli autobus in corsa o si sporgeva dai finestrini dei treni. L'India era un paese di viaggiatori.

Sceso dall'aereo, passò davanti a uno dei soldati armati di fucile. C'era una lunga fila al controllo passaporti, per i passeggeri con documenti stranieri. Michael si rassegnò. In India non bisogna avere fretta: il luogo ha un suo stile, un suo passo, e gli occidentali che pretendono velocità ed efficienza non durano a lungo, qui. Il clima era caldo e umido e Michael era contento di essersi portato dietro un bagaglio leggero. Il viso scuro sopra l'uniforme verde scrutò il passaporto, controllò il visto valido novanta giorni e appose il timbro.

La dogana fu una formalità, in quanto Michael non portava con sé nulla di prezioso a parte il contante e i traveller's cheque. Ma stava importando più di mille dollari americani, e bisognava compilare un modulo. L'India ama i moduli, anche se Michael era sempre stato scettico quanto alla loro destinazione. Era difficile credere che un addetto controllasse a uno a uno le migliaia di fogli compilati a penna dai viaggiatori. «Guarda guarda. Il signor Michael Tillman da Cedar Bend, USA, ha portato con sé, il 2 dicembre, tremilacinquecento dollari. Dobbiamo tenerlo d'occhio in questo paese con quasi un miliardo di abitanti e un sistema telefonico che, a voler essere buoni, si può definire inadeguato.»

Fuori dell'ambiente protetto dell'aeroporto, le regole non esistevano più. C'erano venditori a centinaia, che spingevano carretti bianchi delle merci più svariate. Forse quell'uomo alto con la pelle bianca e lo zaino avrebbe sborsato volentieri qualche rupia. Ma sembrava un po' selvatico, così senza valigia. Doveva essere un viaggiatore spartano. Meglio spostarsi su qualcuno un po' meno malmesso. Circolavano migliaia di persone, fuori dell'aeroporto. Molti avevano l'aria indaffarata, ma i più sembravano venuti solo per godersi il diversivo di quell'andirivieni di gente da tutto il mondo. I poliziotti li tenevano fuori del terminal, dove si accalcavano contro le vetrate polverose in attesa dell'uscita dei passeggeri.

Nell'atrio Michael notò l'interessante novità di un servizio informazioni per i turisti. A quanto sembrava, l'India si stava seriamente impegnando ad attirare i *gringos* e a far spendere loro il proprio denaro nel paese. Nel corso delle sue precedenti visite, aveva avuto la sensazione che non importasse a nessuno se i turisti venivano o meno, se morivano di stenti in coda al controllo passaporti o se se ne tornavano a casa.

L'uomo al servizio informazioni parlava un inglese comprensibile. Michael disse che voleva andare a Pondicherry. L'altro gli rispose che era un viaggio di tre ore, in auto, se il traffico era intenso, e che si sarebbe incaricato lui di trovargli una vettura con autista. In cambio chiese trenta dollari. Era un prezzo alto, in India. Michael glielo fece notare.

« Deve capire, signore, che per l'autista è un viaggio di sei ore, tra andata e ritorno, perché, dopo aver accompagnato lei a Pondicherry, dovrà rientrare vuoto. Lei deve pagare anche il ritorno. »

Michael non si lasciò ingannare. Sapeva bene che l'autista si sarebbe cercato, una volta giunto a Pondicherry, un passeggero da riportare a Madras. Perché non chiedere ai tassisti fuori dell'aeroporto?

«Certo, signore, loro la porteranno in cambio di una cifra molto inferiore, ma non sono affidabili e potrebbero derubarla lungo il tragitto, e poi abbandonarla in mezzo alla strada.» Michael sapeva che l'impiegato non aveva tutti i torti.

Forse c'erano degli autobus, dei treni, proseguì l'impiegato, mettendosi a sfogliare degli orari bisunti e complicati, e Michael cominciò a pensare: Ma che diavolo, Tillman. Che cosa ti salta in testa? Sei qui nel panico al pensiero di non riuscire a rintracciare Jellie e rifiuti una buona occasione per una manciata di dollari? Per un istante l'irrefrenabile istinto tutto maschile di concludere un buon affare, annidato negli ormoni in attesa di una chiamata, gli aveva fatto perdere la testa. Come sempre.

L'impiegato gli trovò una vettura con autista e gli disse di aspettare vicino al banco. Michael gli chiese se avesse una guida di Pondicherry, una cartina, qualunque cosa. L'uomo prelevò da sotto il banco l'unica copia in suo possesso (e Michael gli credette) di una guida sgualcita e cominciò a sfogliarla, quindi gli tenne un breve discorso sul famoso *ashram* fondato a Pondicherry da un mistico-filosofo-poeta-patriota di nome Sri Aurobindo, gli elencò alberghi e ristoranti, e decantò la bellezza della diga marittima.

C'era una mappa della città nella rivista? Sì, ce n'era una, e molto dettagliata, anche. Michael depositò sul banco un biglietto da cinque dollari, tenendolo in parte coperto con la mano, e disse che gli sarebbe piaciuto molto poter portare con sé la guida della città. Fu sua in meno di cinque secondi e, poco dopo, si avvicinò loro l'autista, sorridendo nella sua divisa bianca chiazzata di sporco.

Fuori il sole picchiava come un martello. Altri tassisti spalancarono le portiere e si offrirono di portare Michael ovunque volesse andare per metà della tariffa chiesta dall'ometto con la divisa macchiata. Michael ringraziò, ma ormai, disse, aveva assoldato l'autista. Loro smisero subito di sorridergli e lo guardarono ostili.

Mentre l'auto si allontanava dall'aeroporto, l'autista cominciò a sfregare pollice e indice nel gesto internazionale che sta a indicare i quattrini, poi indicò l'ago del carburante e disse: « Benzina ». Gli autisti dei taxi indiani hanno sempre il serbatoio quasi vuoto e questo, in particolare, voleva un anticipo. L'ultima volta che era stato in India, a Michael era successo ben due volte di restare senza benzina mentre viaggiava su un taxi.

Impaziente, aspettò che il benzinaio facesse il pieno. Notò una bancarella di frutta poco lontano e scese per comprarsi tre banane e due arance, che cacciò nelle tasche laterali dello zaino. Risalito in macchina, attese l'autista. Uno straccione guardò attraverso il finestrino, mostrandogli il moncherino di un braccio amputato poco sopra il gomito. Michael gli diede cinque rupie. L'uomo si toccò la fronte e sparì.

Finalmente ripartirono attraverso il frastuono, la polvere e il fumo che fanno tanto caratteristica l'India, e non cambieranno mai. Le narici di Michael cominciavano ad abituarsi agli odori pungenti — il fumo che usciva dalle ciminiere e saliva dai fuochi all'aperto, la benzina carica di piombo, gli escrementi umani e animali, il tutto mescolato a formare l'odore denso e penetrante tipico dell'India. Era qualcosa che non aveva del tutto dimenticato. A Cedar Bend, quando gli capitava sotto gli occhi un dépliant di viaggio sull'India, bastavano le poche e asettiche illustrazioni a far riaffiorare dalla memoria degli odori, ovunque essa avesse sede, quello dell'India. Nessun altro paese ne aveva uno altrettanto memorabile.

E poi le donne. Si era dimenticato quanto fossero belle le donne indiane, anche le più povere. Era facile innamorarsi di loro anche solo per qualche secondo, al vederle passare. Tra maschi e femmine, quella indiana era decisamente una delle popolazioni più belle al mondo. Sari rosa e arancio, verdi e blu, e oro, tanto oro, braccialetti ai polsi e pettini nei capelli. Erano donne eteree, flessuose, che parevano camminare sollevate da terra. Alcune avevano una catenella d'oro o d'argento che andava dal naso all'orecchio.

Michael le guardò mentre l'autista suonava di continuo il clacson per far spostare le capre, le mucche e la gente, zigzagando in quel caos incoraggiato dai gesti dei vigili stradali in piedi su piccoli piedestalli agli incroci principali. Raggiunsero la campagna e una strada a due corsie, dal manto asfaltato costellato di buche. Incontrarono diversi camion Ashok e Tata con gli operai caricati sui cassoni, le estremità dei turbanti che svolazzavano nel vento. Gli autobus s'inclinavano pericolosamente nelle curve e ogni tanto venivano rallentati da qualche carro, oppure da qualche vecchio che pedalava su un risciò, o da gente a piedi, o da greggi di capre che attraversavano.

L'autista accese la radio, e l'abitacolo si riempì di

una musica per flauto e tamburi. L'indiano suonava il clacson e faceva misteriosi gesti agli altri guidatori, per manifestare loro le sue intenzioni. L'India in viaggio, l'India dei tamburi e della polvere, dei ritmi e delle strade, che parevano carovane eterogenee composte da tutti i viaggiatori e i veicoli degli ultimi cinquecento anni.

Michael offrì una banana al suo autista. Lui la prese e fece balenare i denti bianchissimi in un fulmineo sorriso, poi si appoggiò al clacson e cominciò a sbucciare il frutto, mentre folate assordanti di aria calda entravano dai finestrini abbassati. Entrarono in una città e Michael spiegò la sua cartina dell'India. Doveva trattarsi di Chengalpattu. Avrebbero piegato leggermente a sud-ovest fino a Madurantakam, poi avrebbero svoltato decisamente in direzione sud-est a Tindivanam, da dove partiva una sottile riga blu che raggiungeva Pondicherry sul Golfo del Bengala.

Michael sfogliò la sua guida da cinque dollari, guardando intricate mappe stradali e leggendo la storia della città. Si trattava di un territorio unito, di una città-stato come Washington, D.C. Confinava a ovest con lo stato di Tamil Nadu, a est con il mare. Fondata da commercianti francesi nel diciassettesimo secolo, era tornata all'India nel 1954. *Jellie, sei per le strade di Pondicherry?* Nella remota possibilità che, se davvero era andata a Pondicherry, l'avesse raggiunta con quello stesso autista, Michael tirò fuori la sua foto e gliela mostrò.

L'autista la guardò, sorrise e gridò, al di sopra del vento e della musica: «Bella signora. Incontrare a Pondy?»

Michael gli parlò nell'inglese semplificato che è l'unico mezzo per comunicare con l'indiano medio. «Signora viaggiato con te?» Indicò Jellie nella foto, poi l'interno della macchina.

L'indiano impiegò qualche secondo, ma afferrò in pieno il senso della frase. «No. Non visto signora.» Michael annuì e ripose la foto nella tasca della giacca.

La guida diceva che Pondicherry aveva una popolazione di centocinquantamila anime, ma c'era da credere che fosse un'approssimazione per difetto. Da dove cominciare? Come tutte le città indiane, anche quella era probabilmente un labirinto di vicoli e case addossate l'una all'altra, collegate tra loro da passaggi e scalinate. Non sarebbe stato facile scovare una persona. L'ashram attraeva persone da tutto il mondo, che venivano a studiare gli insegnamenti di Sri Aurobindo e della sua consorte, una donna di nazionalità francese conosciuta solo come «la Madre». Entrambi erano morti, ma, secondo la guida, questo non impediva all'ashram di fiorire. Da oltre un decennio era nato, alle porte della città, un utopico stanziamento chiamato Auroville, e noto anche con il nome di Città dell'Aurora, presumibilmente creato secondo la volontà di Aurobindo e della Madre. La guida, infatti, citava quest'ultima: «Auroville sarà sede di ricerche materiali e spirituali per la realizzazione concreta di una vera e propria Unità Umana».

Erano cose che potevano attrarre una come Jellie. Gli antropologi, o perlomeno molti di essi, sono fortemente attirati dalle questioni dello spirito, perché toccano da vicino l'oggetto dei loro studi, cioè l'uomo. Se Jellie era fuggita in cerca di una guida spirituale, l'ashram e Auroville potevano essere un buon punto di partenza.

A Michael occorreva un posto dove alloggiare e, mentre l'autista sterzava, strombazzava e gesticolava, si mise a guardare la pubblicità degli alberghi sulla guida.

Ajantha Guest House - Un'oasi di lusso
Hotel Aristo — Un tocco di classe, un'autentica esperienza aristocratica di stampo europeo
Hotel Ram International — Un nuovo mondo

Alle orecchie e agli occhi di un occidentale, gli indiani hanno una certa tendenza all'esagerazione, per non dire all'iperbole, e Michael sapeva di non dover credere a quanto leggeva. Non che fosse schizzinoso. Aveva dormito molte volte in alberghetti in cui un buco nel pavimento fungeva da gabinetto e la doccia era fredda, quando c'era. Dopo poche notti, però, si dimenticava che esistessero cose migliori delle docce fredde e dei buchi nel pavimento, e finiva per trovarsi bene ovunque. Una doccia calda, nei termini tradizionali dell'India meridionale, poteva essere la sola cosa a giustificare la dicitura: «Un'autentica esperienza aristocratica di stampo europeo».

Si concentrò su Jellie, cercando di ricordare le sue abitudini e le sue preferenze. Dove avrebbe cercato alloggio? La *Park Guest House* era all'interno dell'ashram e vi erano proibiti il fumo, i liquori e le debolezze umane in genere. Jellie doveva riflettere, stando a quanto diceva nel telegramma, e la *guest house* con i suoi giardini, il ristorante vegetariano e i toni meditativi poteva essere il luogo ideale per lei.

All'inizio Michael aveva pensato che trovare Jellie, se era andata a Pondicherry, non sarebbe stato così difficile. La pelle bianca spicca in tutta l'India, più ancora nel Sud. Ma la città era più grande di quanto si fosse aspettato e, secondo la guida, erano molti gli occidentali che venivano a immergersi nell'atmosfera rarefatta della dottrina di Sri Aurobindo e signora. Inoltre, come Michael aveva già considerato, in India era facile far perdere ogni traccia di sé, se è quello che si desidera. L'India, quando lo voleva, poteva diventare un muro silenzioso e impenetrabile, che ti lascia fuori senza possibilità di vedere all'interno. Jellie conosceva bene il paese, doveva avere ancora delle amicizie quaggiù, e avrebbe saputo dove nascondersi, se non le fosse andato a genio di farsi trovare.

Se vai di fretta, l'India ti fa impazzire. L'autista decise che avrebbero pranzato a Madurantakam, quindi accostò sul bordo della strada, scese dalla macchina e andò a comprare qualcosa a un chiosco. Michael non aveva fame, ma bevve una tazza di tè e mangiò uno snack che si era comprato a Heathrow. La gente si raccolse intorno alla macchina, a rispettosa distanza, e lo guardava. Ordinaria curiosità, nient'altro.

A mezzogiorno il sole era alto e il caldo insopportabile. Lui si calò in testa il vecchio berretto di cotone, tenendo lontani come poteva i ragazzini che, meno circospetti degli adulti, pretendevano da lui un regalo, qualunque cosa purché venisse da lui. Michael comprò altre arance e le distribuì, pur sapendo che i ragazzini avrebbero preferito qualcosa di più esclusivo, per esempio una bella penna a sfera di provenienza americana. Il sudore gl'inzuppava la camicia, colandogli lungo il petto e la schiena. Si stava asciugando il collo e il viso con un fazzoletto rosso quando l'autista gli fece segno di risalire.

Quarantacinque minuti più tardi, a Tindivanam, svoltarono verso sud-est, diretti a Pondicherry. La nuova strada era ancora più sconnessa di quella che avevano appena lasciato. La regione era semidesertica e le palme si curvavano sulla carreggiata. I contadini spargevano sull'asfalto le spighe di grano, perché si asciugassero, e lasciavano che le ruote dei veicoli di passaggio fungessero da rudimentali trebbiatrici.

La periferia di Pondicherry. La mappa allegata alla guida cittadina indicava che erano entrati nel nucleo abitato da Jawaharlal Nehru Street, a quanto pareva una delle arterie principali. Michael non avrebbe preso una stanza nella guest house dell'ashram: temeva, se Jellie si trovava lì, di capitarle addosso troppo all'improvviso. Se lo avesse visto per prima, avrebbe avuto il tempo di battere in ritirata con tutti i suoi segreti, e allora trovarla sarebbe diventato davvero impossibile.

Il *Grand Hotel d'Europe* al numero dodici di Rue Suffren era nella stessa zona dell'ashram in cui si tenevano i corsi e non lontano dalla guest house. La guida diceva che era gestito da un vecchio francese, un certo monsieur Maigrit. Michael pensò che probabilmente la cucina sarebbe stata europea, il che gli andava benissimo in quanto, seguendo una dieta strettamente indiana, tendeva a deperire.

Fece segno all'autista di accostare e gli mostrò la mappa. L'uomo faticava a leggerla e cominciò a parlare rapidamente, indicando la strada davanti a loro. Michael lo lasciò proseguire e si fermarono a un angolo di strada piuttosto trafficato, con almeno duecento biciclette che aspettavano il verde. L'autista scese con la mappa e la mostrò a degli uomini in piedi davanti a una rivendita di tè. Ci fu un grande agitarsi di braccia, scuotere di teste e indicare con il dito. La scena si protrasse per un paio di minuti almeno, dopodiché l'autista rimontò in vettura. Disse qualcosa che Michael non capì, facendo con la mano un gesto zigzagante dal quale Michael intuì che avrebbero dovuto attraversare la città e poi svoltare a destra.

A giudicare dalla cartina, sembrava la strada giusta. Percorsero faticosamente la via principale di Pondy e, alla fine, si trovarono davanti al muro che chiudeva Rue St. Louis. L'autista scese di nuovo, domandò informazioni ai locali ricevendone in cambio la solita risposta a suon di braccia-teste-dita, quindi tornò alla macchina. Presero a destra, quindi costeggiarono un lungo parco sulle cui panchine sedevano a fianco a fianco indiani e vecchi legionari francesi, riconoscibili dal caratteristico copricapo. Pochi isolati avanti girarono di nuovo a destra, poi a sinistra. Dipinto sul muro della casa Michael lesse il nome della strada: Rue Suffren. Il numero dodici era a pochi metri.

Michael bussò all'alto cancello di legno e subito fece capolino un vecchio con la camicia marrone e un turbante bianco. «Una stanza?» domandò concisamente Michael.

Il guardiano occhieggiò verso l'auto, poi fissò di nuovo l'alto viaggiatore americano con soltanto uno zaino come bagaglio e gli abiti tutti spiegazzati. Gli aprì il cancello quasi con riluttanza, facendogli segno che poteva entrare nel cortile. L'albergo era vecchio, coperto di rampicanti e buganvillee. Da una porta uscì Maigrit, o almeno Michael pensò che si trattasse di lui. «Ha una stanza per un viaggiatore stanco?» gli domandò, con un breve inchino.

Maigrit lo guardò e non proferì verbo. L'ospite era arrivato senza prenotazione, il che con tutta probabilità veniva considerato una mancanza di decoro. Michael non parlava molto bene il francese. Lo aveva studiato perché era uno dei corsi obbligatori nel suo piano di studi, ma aveva dimenticato tutto, o quasi. Ricorse al sorriso tipicamente americano che lo aveva aiutato ad attraversare mezzo mondo e azzardò un timido: «*Je voudrais une chambre?*»

Maigrit rispose al sorriso, riconoscendo l'incompetenza ma approvando lo sforzo. Sì, c'era una stanza disponibile a centocinquanta rupie, circa nove dollari a notte. Michael immaginava che, con una prenotazione in piena regola o un poco di contrattazione, sarebbe riuscito ad abbassare il prezzo almeno del trenta per cento, se non del cinquanta, ma era stanco e l'albergo gli piaceva.

Maigrit lo informò che di pomeriggio era chiusa l'acqua, quindi non avrebbe potuto farsi il bagno. Però il *boy*, che dimostrava almeno settantacinque anni, gli avrebbe portato un piccolo secchio d'acqua, dandogli modo di rinfrescarsi. Michael lo ringraziò e disse che avrebbe gradito molto il secchio d'acqua. L'albergo offriva un servizio lavanderia? Sì. Una camicia poteva essere lavata, asciugata e stirata in quattro ore al doppio della tariffa normale, di sei centesimi.

Il boy portò l'acqua e se ne andò con le camicie. Michael si sciacquò la faccia, poi si sdraiò sul letto a pensare. Era partito da casa quarantasei ore prima, ma gli sembravano passati secoli. Una settimana prima, seduto nel suo appartamento, aspettava con ansia il ritorno di Jellie da Syracuse. Dieci giorni prima lei era sdraiata nuda sul suo tavolo di cucina mentre lui le massaggiava i seni con del vino rosso. «Jellie, stai vivendo il tuo segreto da qualche parte oltre questi muri, non lontano da qui, come spero, o sei altrove, e la mia ricerca è appena cominciata?»

10

Michael si svegliò poco prima delle sei, quando il vecchio bussò alla sua porta. Aveva dormito meno di quattro ore e si alzò sentendosi accaldato, irrigidito nelle membra e mortalmente stanco. Aprì la porta, prese le camicie e diede al boy la mancia. Il vecchio s'inchinò e se ne andò, sbirciando Michael da sopra la spalla.

Michael provò ad aprire i rubinetti. L'acqua era tornata e, con sua grande sorpresa, da quello di sinistra usciva tiepida. Lui riempì la piccola vasca, si rasò e si rese presentabile indossando una camicia pulita e un paio di Levi's appena tolti dallo zaino.

Il proprietario era sulla veranda, intento a leggere un giornale francese. A Michael occorreva come prima cosa un mezzo di trasporto agile, cioè una motocicletta. Ne aveva viste diverse, tutte di piccola cilindrata, mentre attraversava la città con il suo autista indiano. Venne a sapere da Maigrit che poteva affittarne una in Mahatma Gandhi Road. Il proprietario dell'albergo gridò a uno dei guardiani al cancello di fermare un risciò e parlò in lingua tamil all'omino in sella alla bici, dandogli l'indirizzo del noleggiatore. Maigrit disse a Michael che la corsa gli sarebbe costata un quarto di dollaro, più la mancia.

I muscoli delle gambe dell'indiano che guidava il risciò erano potentissimi, o almeno così parve a Michael mentre percorrevano le strade di Pondicherry. A differenza di molti occidentali che, non avendo mai viaggiato in India, consideravano l'uso del risciò qualcosa di molto simile allo sfruttamento della schiavitù, Michael lo trovava il mezzo migliore per spostarsi all'interno dei centri abitati. Se qualcuno avesse chiesto al conducente come si sentiva a fare quel mestiere, lui non avrebbe capito la domanda: era il modo in cui si guadagnava da vivere e, di conseguenza, era una gioia per lui avere qualcuno da scarrozzare in cambio di denaro. Si chiamava partecipare all'economia locale. Come disse una volta Michael a un collega che si permetteva di disprezzare questo atteggiamento colonialista: «Paga al tuo conducente di risciò la tariffa di un taxi newyorkese. Questo forse ti farà sentire politicamente più corretto». Taxi o risciò, era solo una questione di potenza muscolare usata a diversi livelli.

L'India è, sotto molti aspetti, un paese notturno. Verso sera la temperatura e la polvere calano, e le strade sono ancora più affollate. Le botteghe restano aperte fino a tardi. La gente, con il calare del buio, esce per andare nei ristoranti, dove si attarda volentieri. Il conducente del suo risciò svoltò a sinistra in Sastry Street, pedalando in linea retta verso MG Road.

Michael si sentiva tremendamente visibile, sul carrozzino attaccato alla bicicletta: non voleva che Jellie lo sorprendesse a girovagare per le vie di Pondicherry.

Com'è strano tutto questo, pensò. Sono venuto qui a cercare una donna con cui ho fatto l'amore, una donna che ha provato piacere stando con me e mi ha ripetuto infinite volte di amarmi. Eppure ho paura che lei mi veda. Il mondo è proprio un posto bizzarro, Michael Tillman. E, mentre pensava tutto questo, il suo risciò avanzava sobbalzando nel meraviglioso crepuscolo indiano.

Il noleggio delle motociclette si trovava in un piccolo garage vicino al *Cool Cat Coffee Bar*. C'era grasso dappertutto, e pezzi di ricambio sparsi sul pavimento di cemento. Michael si sentì subito a casa. C'erano due moto appoggiate alla porta e altre due smontate all'interno. Michael poteva prendere una qualunque delle due all'ingresso. Le esaminò. Erano male in arnese come le strade che dovevano percorrere e tutte ammaccate. La vecchia Kawasaki sembrava meno malconcia dell'altra e, dopo qualche tentativo a vuoto, Michael riuscì a farla partire. Il padrone del garage lo stava a guardare con le mani sui fianchi, senza sorridere. Michael puntò il dito verso gli attrezzi sul bancone.

Dieci minuti dopo aveva teso la catena e regolato la carburazione. Adesso il garagista sorrideva. La competenza tecnica meritava sempre rispetto. Michael gli lasciò cinquanta dollari di deposito, si preparò mentalmente a tenere la sinistra, poi uscì con la Kawasaki nel traffico serale, andando piano fino a quando non gli sembrò di essersi abituato a guidare contromano.

Per tornare in albergo coprì lo stesso tragitto dell'andata, fermandosi a comprare due cestelli di acqua minerale, e parcheggiò in cortile. Quella sera sarebbe uscito a piedi. Avrebbe usato la moto solo per allargare il suo campo di ricerche, o se si fosse reso necessario raggiungere una meta velocemente.

Maigrit gli andò incontro e si complimentò per la bella moto che era riuscito a trovare. Michael gli mostrò la foto di Jellie e disse che era venuto per cercare lei.

Maigrit la guardò, poi guardò Michael e chiese: «*Amour?*» Lui sorrise e annuì. L'albergatore era spiacente, ma non l'aveva mai vista. «Sono moltissime le donne occidentali che vengono qui per l'ashram. Cercano consolazione e pace interiore, e magari anche di farsi una nuova vita.»

L'albergo non aveva più un ristorante, spiegò Maigrit, ma se Michael voleva del cibo continentale poteva trovarlo alla Alliance Française, di fronte alla *Park Guest House*. Era un club, ma non era necessario essere soci per mangiare. Bastava che varcasse i cancelli, attraversasse il cortile e salisse gli scalini.

Michael ci pensò due volte, prima di andarci. Non era preoccupato d'incontrare Jellie, perché probabilmente lei era venuta per vivere secondo il costume locale e quindi mangiava nei piccoli ristoranti indiani, se non si cucinava addirittura da sé. Ma le voci si spargono in fretta nelle piccole città indiane e, se si fosse fatto troppo notare, la comunità occidentale al completo avrebbe saputo nel giro di pochi giorni che c'era un nuovo venuto in jeans e sandali con l'aria di chi cerca qualcuno.

Tuttavia lui aveva fame e non era ancora pronto per la cucina indiana, quindi si avviò nella direzione indicatagli dal francese. C'era qualcuno seduto sui gradini fuori delle porte ma, in quella zona della città, le case erano quasi tutte costruite dietro alti muri. Incrociò due bianchi con la testa rasata avvolti in indumenti color zafferano e le gambe nude da metà coscia in giù, ma non gli prestarono la minima attenzione.

Svoltò a sinistra in Rue Bazare St. Laurent, dimenticò di girare a destra in Rue Dumas e si ritrovò in Cours Chabrol — il viale a mare — lungo la diga marittima. Soffiava una piacevole brezza e Michael si fermò alla fine di Rue Bazare St. Laurent, senza attraversare per raggiungere la diga. I marciapiedi erano affollati di gente uscita a passeggio. Pochi metri alla sua destra c'era il cancello d'ingresso della *Park Guest House*, l'albergo dell'ashram.

A un tratto vide due donne occidentali in sari arrivare lungo il marciapiede e allora, fulmineo, si girò e ritornò sui suoi passi, sentendosi come una spia coinvolta in un intrigo internazionale. *Che cosa mi hai fatto, Jellie? Ero contento, se non proprio felice, prima di conoscerti, e adesso cammino come un ladro per le vie dell'India cercandoti, mentre una piccola parte di me teme follemente di trovarti per timore di quello che potresti dire, di quello che potresti aver deciso di fare del resto della tua vita.*

C'era una guardia, sul cancello dell'Alliance Française. Michael s'indicò lo stomaco, poi indicò l'interno. «*Restaurant?*»

La guardia annuì e gli fece segno di passare. Il cortile era pieno di aiuole fiorite e alberi. Da una parte, su una piattaforma di cemento, una donna indiana danzava al ritmo dei tamburi percossi nell'ombra alle sue spalle da un uomo seduto a gambe incrociate.

Non c'erano altre persone, nel cortile, ma dall'edificio principale giungevano le note di una fisarmonica che suonava una canzone francese. Michael fissò per un istante la danzatrice: lei sembrava non essersi neppure accorta della sua presenza e, dopo qualche secondo, si fermò per rivolgersi al suonatore di tamburi, che riprese a percuotere i suoi strumenti a un ritmo leggermente diverso da prima.

Al pianterreno c'erano un bagno per uomini e donne insieme e una mostra di foto in bianco e nero appese alle pareti grigie. Al piano superiore si sentivano musica e risate e Michael salì le scale che portavano al ristorante. Metà del locale era coperto, l'altra metà all'aperto su una terrazza. I camerieri si muovevano agilmente tra i tavoli nelle loro uniformi bianche e un indiano giovane, in pantaloni scuri e camicia porpora, si fece incontro a Michael, parlandogli in francese. Michael gli sorrise e, in inglese, domandò se poteva cenare.

«È da solo, *monsieur*?» domandò il giovane, con un ottimo accento britannico.

Michael fece di sì con la testa.

«Preferisce sedersi fuori o all'interno?»

«Fuori, se è possibile.»

Il direttore di sala gli trovò un tavolo in un angolo. L'ingresso di Michael sollevò ben poca curiosità e, appena si fu seduto, gli occupanti dei tavoli vicini ripresero a chiacchierare animatamente. Lui ordinò una birra e uno spiedino di pollo dal barbecue in muratura incassato nella parete dall'altra parte della sala. Le stelle fremevano in cielo e il vento portava con sé il profumo dei gelsomini. Michael, seduto solo, si guardò le mani.

Lo spiedino, davvero gustoso, gli venne servito con del riso e del pane francese. Come dessert scelse una torta al cioccolato accompagnata da un buon caffè forte. Stava ricominciando a sentirsi in forma, finalmente. Quando uscì, il direttore di sala era cambiato e, al posto del giovane indiano, adesso ce n'era uno anziano, che gli sorrise amichevolmente.

«Il signore ha mangiato bene?»

Michael rispose di sì, poi tirò fuori la foto di Jellie. Il direttore di sala la guardò, poi guardò Michael, quindi di nuovo prima l'una e poi l'altro, e il suo sorriso si spense all'improvviso.

«L'ha vista?» domandò Michael.

L'uomo lo fissò senza rispondere.

«La sto cercando. È molto importante che io la trovi.»

Il direttore di sala si accese una sigaretta, guardò di nuovo la foto e la restituì a Michael. «Forse l'ho vista, ma è passato molto tempo.»

«Quanto tempo? Una settimana?»

«Molto di più. Dieci, quindici anni. La donna che ricordo io era molto più giovane. Adesso mi deve scusare, signore, ma mi chiamano.»

Michael sospirò e cercò di riflettere. Alla vista della polaroid la cordialità dell'indiano si era trasformata in diffidenza, quasi che avesse davvero riconosciuto Jellie e questo gli avesse fatto passare la voglia di parlare con lui. Non gli restava che tornarsene in albergo. Le strade ormai erano completamente buie e semideserte.

Per due giorni vagò per la città senza nessuna strategia di ricerca. Il terzo giorno raggiunse in moto Auroville, ma la cittadina era formata da chilometri e chilometri di case, raggruppate in piccoli quartieri oppure sparse. Se Jellie era lì, non l'avrebbe mai trovata. Al crepuscolo andava a sedersi sulla diga marittima vicino alla Guest House e guardava la gente che usciva per recarsi a cena. Cercò di parlare con l'austera signora seduta alla reception della guest house, ma fu inutile. La gente veniva nell'ashram per fuggire e trovare la pace. Quando Michael le mostrò la foto di Jellie, la donna scosse recisamente la testa e tornò a chinarsi sui suoi registri.

Non stava approdando a nulla e così decise di chiedere a Maigrit come raggiungere il college di cui aveva letto nella guida. Maigrit gli indicò la strada sulla mappa. Michael spinse la Kawasaki fuori del cancello dell'hotel, avviò il motore e montò in sella diretto a nord della città.

Il college era in una delle zone più trasandate di Pondicherry. Gironzolando per il campus, Michael vide un cartello cancellato dal tempo con la scritta DIPARTIMENTO DI AMMINISTRAZIONE AZIENDALE. Era giunto il momento di accecare qualcuno con le sue credenziali. Si presentò a una segretaria, spiegandole chi era e da dove veniva. Ecco che i suoi titoli gli sarebbero tornati utili. Gli indiani amano le credenziali e rispettano i professori *quasi* come le loro qualifiche. La segretaria percorse il corridoio ed entrò in un ufficio, per uscirne meno di un minuto dopo seguita da un indiano basso e tarchiato sulla cinquantina, con gli occhiali e una cravatta che gli arrivava sì e no a metà del petto.

Il suo sorriso era smagliante. «Ah, dottor Tillman, che buona idea ha avuto a venirci a trovare!»

Volle sapere tutto sulla vita accademica di Michael. Lui gli sciorinò le sue lauree e le sue numerose esperienze, impaziente di arrivare al sodo e dirgli per quale motivo era venuto. Ma l'India è un paese formale in cui la cortesia a volte rasenta la pomposità e gli toccò ricambiare con tutto l'entusiasmo che riuscì a fingere. Poco dopo vennero raggiunti da due economisti e dalla segretaria, che servì loro il tè. Uno dei due professori si scusò momentaneamente, dicendo che sarebbe tornato subito. Quando si ripresentò, aveva in mano una copia dell'*Atlantic* aperta sull'articolo di Michael. «Lo ha scritto lei, dottor Tillman?» Michael annuì. Il professore non stava più nella pelle dalla gioia. «Un pezzo molto brillante, se posso permettermi. Molto interessante.»

Avendo stabilito la propria credibilità, Michael sapeva di trovarsi su un terreno conosciuto e, perdipiù, in compagnia di persone simpatiche e intelligenti. Parlò loro di Jellie, tralasciando i dettagli e dicendo solo quanto fosse importante per lui ritrovarla. Nessuno dei colleghi la riconobbe ma, quando Michael menzionò l'interesse di Jellie per l'antropologia, il capo dipartimento convocò la sua segretaria e le parlò brevemente in corridoio.

«Ho chiesto alla mia segretaria di far venire subito qui uno dei nostri docenti di antropologia. Abbiamo molti progetti antropologici in corso, qui a Pondicherry. Soprattutto i francesi sono interessati all'argomento, al punto che anni fa hanno fondato un istituto in collaborazione con il nostro college.»

Dopo dieci minuti si affacciò alla porta una donna sulla quarantina, con un sari rosa. Il capo del dipartimento si alzò e la presentò come dottoressa Dhavale, docente di antropologia. La foto di Jellie, che stava cominciando a sbiadire dopo essere passata per centinaia di mani in quei pochi giorni, era sulla scrivania. La donna la prese e la esaminò brevemente, quindi guardò Michael, il cui battito cardiaco accelerò immediatamente di almeno venti punti al minuto. «Non è che per caso conosce la donna della foto?»

Il viso della professoressa aveva un'espressione cauta. «Ha detto di chiamarsi Tillman? Michael Tillman?»

«Sì.»

«Di Cedar Bend?»

Lui era sempre più agitato. «Sì.»

«Possiamo scambiare due parole in privato?» domandò la professoressa al suo diretto superiore.

«Certamente, dottoressa! Dottor Tillman, possiamo costringerla a tenere un paio di conferenze, mentre si trova in città? I nostri studenti e i membri della facoltà gliene sarebbero eternamente grati.»

Gli erano stati d'aiuto. Dire di no sarebbe stato una mancanza di gentilezza e gratitudine. «Dottor Ramani, sarò lieto di accontentarla, prima di ripartire. Ma non voglio rimandare le mie ricerche sulla signora Braden. Quando l'avrò trovata, se sarò ancora a Pondicherry, mi metterò in contatto con lei e farò del mio meglio per accontentarla.»

«Naturalmente, naturalmente. Ci rendiamo conto del suo problema, anche se ci dispiace che sia così di fretta. Ci faccia sapere se e quando potrà essere disponibile per noi, la prego, e organizzeremo un bellissimo pomeriggio, con tanto di ricevimento dopo la conferenza.»

Michael ringraziò sentitamente e seguì la dottoressa Dhavale in un'altra palazzina, dov'era situato il suo minuscolo ufficio. Per la prima volta nelle ultime settantadue ore, Michael dimenticò la stanchezza.

La professoressa si sedette di fronte a lui dietro la scrivania e lo esaminò senza vergogna con gli occhi neri e penetranti. «Jellie Markham e io diventammo amiche diversi anni fa, mentre lei si trovava qui per lavorare alla sua tesi.» Aveva usato il cognome da ragazza di Jellie, e aveva pronunciato il suo nome di battesimo alla francese. «Ci siamo scritte per tutti questi anni e siamo rimaste intime.»

Michael non disse nulla, ma si stava dando del cretino per aver usato, negli ultimi tre giorni, il cognome da sposata di Jellie, e per aver sempre pronunciato il suo nome all'americana. Anche a patto che qualcuno l'avesse conosciuta, se lei durante la sua prima permanenza a Pondicherry si era lasciata chiamare con la versione francese del proprio nome, nessuno l'avrebbe mai identificata con il nome americano usato da Michael. Ed era probabile che tutti l'avessero conosciuta come *Jalì*, data la forte influenza francese che permeava il posto.

«Ho quarantatré anni», disse alla donna che gli stava di fronte. «Mi ci è voluto tutto questo tempo prima di trovare qualcuno per cui provare i sentimenti che nutro per Jellie. Le voglio bene, desidero trovarla e, per riuscirci, mi occorre il suo aiuto.»

L'antropologa lo studiò come se stesse decidendo che voto dargli. «Non voglio tradire la fiducia della mia amica, dottor Tillman, quindi non so che cosa dirle. Ma so che Jellie ricambia i suoi sentimenti. La sua è stata un'esistenza complicata, molto più di quanto lei possa immaginare. Ma dovrà essere Jellie a dirglielo, se e quando lo riterrà opportuno. Le ha anche mandato una lettera, dandole il mio nome e indirizzo nel caso lei volesse contattarla. Ma non credo che avesse previsto una sua visita qui in città e, tantomeno, che bussasse direttamente alla mia porta. Ha ricevuto la lettera?»

«No. Devo essere partito prima che arrivasse a Cedar Bend. L'ho trovata per puro caso, dottoressa.»

«Cerchi di comprendere la mia difficoltà, dottor Tillman. Voglio aiutarla, ma non voglio rovinare la mia amicizia con Jellie dicendole cose che farei meglio a tacere. So che era dispiaciuta di non averla salutata.» Chitra Dhavale guardò fuori dell'unica finestra del suo ufficio, alquanto impolverata, poi tornò a posare gli occhi su Michael. «È partita diversi giorni fa per Thekkady. Sa dove si trova?»

«No.»

«È un villaggio vicino a Lake Periyar. Un posto bellissimo. Jellie mi ha detto che lei è già stato nell'India del Sud, quindi credevo che lo conoscesse. Si trova presso una famiglia di nome Sudhana, che vive nelle campagne intorno a Thekkady.»

«Posso sapere come mai ci è andata? A lei lo ha detto?»

«Sì, ma non spetta a me riferirglielo, e temo di aver già violato la fiducia di Jellie dicendole quel poco che le ho detto.»

«Qual è la via più veloce per raggiungere Thekkady?»

«Deve tornare a Madras e volare fino a Cochin o Madurai, poi proseguire in macchina. Forse un modo migliore per raggiungere la zona, anche se più stancante, sarebbe prendere il treno del mattino da Pondicherry. La ferrovia è a scartamento ridotto e arriva solo a Villupuram Junction, a una quarantina di chilometri da qui. Dopo prenderà il *Trivandrum Mail*, in direzione sud, e scenderà a Madurai. Da lì potrà scegliere tra l'autobus e una macchina a nolo. È un viaggio pesante, dottor Tillman, ma probabilmente è la via più breve. La prima alternativa, il volo da Madras, può essere frustrante. C'è il rischio di restare arenati a Madras per giorni, prima di trovare posto su un aereo.»

La professoressa guardò l'orologio. «Manca poco a mezzogiorno. Se si sbriga, dottor Tillman, riuscirà a prendere il treno dell'una per Villupuram. Ho la sensazione che lei non veda l'ora di partire, o sbaglio?» Gli sorrise caldamente. «Se trova Jellie Markham, le dica che mi sono trovata in difficoltà a causa della sua visita, e la preghi di volermi perdonare se ho fatto male a indirizzarla a Thekkady.»

«Riferirò senz'altro. Grazie, dottoressa Dhavale.»

Michael era quasi fuori della porta quando la donna lo chiamò. «Un'ultima cosa...» Lui si girò a guardarla. «Può darsi che Jellie si faccia chiamare Velayudum, invece che Markham o Braden. Non mi chieda perché. E... Se la trova, si prepari a qualcosa di assolutamente inatteso e forse deludente per lei, dottor Tillman, per non dire sconvolgente. Come le ho già detto, Jellie ha avuto una vita molto complicata.»

Ecco come Michael si era ritrovato sul *Trivandrum Mail* diretto a sud, destinazione Madurai. Da Madurai viaggiò verso ovest a bordo di una macchina con autista, raggiungendo infine la sua meta.

11

Thekkady si trova sul confine tra gli stati di Tamil Nadu e Kerala, tra le montagne dell'India sud-occidentale. Alla periferia della città c'è una sbarra rossa che impedisce il passaggio, e che ricordò a Michael il famoso Checkpoint Charlie di Berlino. L'autista si fermò ed entrò in un piccolo ufficio sul margine della strada. Adesso Michael si aspettava di sentire da un momento all'altro la voce di Richard Burton pronunciare una battuta da un romanzo di John Le Carré, qualcosa a proposito di un uomo venuto dall'Est.

Un istante dopo nell'ufficio si scatenò l'inferno. L'autista aveva mostrato i documenti ma, a quanto pareva, passare da uno stato all'altro da quelle parti equivaleva ad attraversare il confine di due paesi diversi. Da quanto Michael riuscì a capire, le autorità del Kerala si rifiutavano di riconoscere la validità della patente del suo autista, che recava la scritta VALIDA PER TUTTA L'INDIA.

Michael scese e si appoggiò alla macchina. Udì altre grida, seguite da parole pronunciate in tono di minaccia. Lui indicò la sbarra, prese lo zaino e domandò a gesti se poteva attraversare. Era più complicato di quanto si fosse aspettato: poté passare solo dopo aver dato venti dollari di mancia al funzionario di confine, e naturalmente dopo aver liquidato l'autista. Ma le mance, si sa, sono un'abitudine internazionale tra le più dure a morire.

L'aria era fresca e sottile, lassù in montagna, e il sole più limpido che in pianura. Michael si addentrò nel villaggio, quieto a metà pomeriggio, e i suoi anfibi lasciarono impronte inconfondibili sulla polvere della strada.

« Ehi, capo, vai al lago? » domandò un giovane indiano accanto a una jeep.

Michael lesse il nome che aveva scarabocchiato sul suo taccuino tascabile, poi si avvicinò al ragazzo. « Può darsi. Ma prima devo trovare famiglia Sudhana. »

« No, capo, noi andare solo lago. » L'indiano batté il palmo della mano sulla fiancata della jeep. « Duecento rupie. Posto molto bello, sai? »

Poteva anche essere stupendo, ma non era lì che Michael voleva andare. Sventolò tre banconote da cento rupie. « Prima devo trovare i Sudhana. Poi, forse, andrò al lago. » Tutto a un tratto il ragazzo non fu più così ansioso di portarlo al lago.

Come tutti i suoi connazionali, però, non aveva fretta, e cominciò a parlare con degli altri che si erano raccolti in un crocchio attorno a loro. Tutti insieme guardarono Michael e risero. I bastardi, pensò lui, sono sempre coraggiosi, in gruppo. Sapevano che il turista era senz'altro carico di denaro, una somma che per loro sarebbe stata senz'altro esorbitante. Ma infilato nella cintura, sotto la giacca mimetica tutta spiegazzata, Michael aveva un coltello da caccia che non trascurava mai di tenere a portata di mano in quelle parti del mondo. Sentiva il manico contro la schiena.

Qualche anno prima, una sera, aveva accarezzato con la lama di quello stesso coltello la gola di un tassista di Mysore, una città un po' più a nord, perché una banda di giovani teste calde aveva bloccato la vettura e lo stava incoraggiando a buttare fuori il passeggero e la sua accompagnatrice. Quando il tassista di Mysore aveva sentito sulla pelle il freddo della lama, aveva tolto il piede dalla frizione come se gli fosse venuto un improvviso crampo al polpaccio, travolgendo un paio di quei delinquenti.

Da un negozio uscì un vecchio. Michael intuì che si trattava del proprietario della jeep, che stava ordinando alla banda di togliersi di mezzo e al suo dipendente di mettersi al lavoro. Seguì uno scambio in diversi dialetti, ma l'unica parola che Michael riuscì a distinguere fu il nome dei Sudhana, che sentì pronunciare diverse volte. Il vecchio si mise a disegnare su un pezzo di cartone, che poi porse al giovane che aveva chiamato Michael «capo», quindi si avvicinò alla jeep sorridendo e indicando allo straniero lo strapuntino alle spalle dell'autista. Quest'ultimo e un altro giovane dalle maniere insolenti presero posto davanti.

Partirono sobbalzando lungo la strada sterrata e svoltarono verso sud lungo un'altra strada, che correva sulla riva orientale di un torrente. Dopo aver aggirato un'altura, imboccarono una mulattiera sulla sinistra. L'autista si fermò bruscamente davanti a una casupola rattoppata con dei riquadri di lamiera. «Sudhana qui», disse. «Sigarette?»

Michael diede a ciascuno di loro una sigaretta americana, considerata un lusso da quelle parti. Mentre i due giovinastri mettevano mano ai cerini, lui s'incamminò con gambe malferme verso la casupola. I vecchi dubbi. Era questo il posto? Stava facendo la cosa giusta? *Jellie, non mandarmi via, non farmi questo. Qualunque cosa stia accadendo, lascia che ne faccia parte anch'io.*

Sopra un davanzale fecero una breve apparizione la fronte e gli occhi di una vecchia, che sparì immediatamente alla sola vista dell'altissimo uomo bianco che assediava la sua dimora. « Sudhana? » gridò Michael. Nessuna risposta. « Jellie? Sono Michael. » Ancora niente. Poi, lentamente, la porta si socchiuse, e la vecchia sbirciò fuori. Gli parlò rapidamente, in una lingua incomprensibile. « Jellie. Jalì », ripeté lui diverse volte, poi aggiunse il cognome che gli aveva detto l'antropologa di Pondicherry. « Velayudum. Jalì Velayudum. »

La donna scosse la testa, gracchiò qualcosa e indicò l'interno della casa. Era accaduto qualcosa? Jellie era malata in quella capanna di poveri indiani?

Si avvicinò l'autista della jeep, che cercò di valicare maldestramente il muro tra le loro due culture. « Sigaretta, capo? Io capito che cosa dice vecchia. » Sigaretta, mancia. Ci si stanca, dopo un po'. Non è per il denaro, e neppure per le sigarette, ma per l'arroganza, il ricatto.

Michael gli mise in mano mezzo pacchetto di Merit. « Ha detto che una donna di nome Ja-llì Velayudum si trova nel vecchio capanno di caccia in mezzo al lago, che adesso si chiama *Lake Palace Hotel.* Vuoi andare? »

Michael annuì e il ragazzo gli fece cenno con la testa di rimontare in macchina. Ridiscesero fino al torrente.

Sette minuti più tardi la jeep superò una salita e comparve il lago Periyar, azzurro e placido in lontananza.

Il ragazzo scaricò Michael all'*Aranya Nivas Hotel*, a un centinaio di metri dalla riva. Gli chiese altre sigarette, e Michael gli rispose di piantarla. Ne aveva fin sopra i capelli dei giovani approfittatori come lui, di qualunque provenienza fossero, e glielo disse. Era stato troppo accomodante, finora, ansioso com'era di trovare Jellie. Il giovane parve spaventato dalla sua collera, si strinse nelle spalle e, rimontato sulla sua jeep, fece retromarcia per allontanarsi dall'albergo.

Michael entrò, stanco e sporco. La donna alla reception, invece, era perfettamente in ordine nel suo sari turchese, e con un viso che, negli Stati Uniti, sarebbe senz'altro finito sulla copertina di una rivista di moda. Era educata ed efficiente, cose che Michael trovò consolante viste le circostanze. Chiese informazioni sul *Lake Palace Hotel*. La donna gli spiegò che era l'ex capanno di caccia di un maharajah, con sole sei stanze per gli ospiti e, se voleva prenotare, poteva farlo da lei. Mentre sfogliava il registro delle prenotazioni, Michael si mise a fissare una foto appesa al muro alle sue spalle. Era leggermente sbiadita, ma notevole: ritraeva una tigre che sbucava dall'erba alta in una mattina di nebbia ed era firmata da Robert Kincaid.

L'impiegata gli disse che c'era una stanza libera per le prossime quattro notti, dopodiché l'albergo sarebbe stato al completo per un'intera settimana. Nel prezzo erano inclusi tre pasti occidentali al giorno.

Era giunto il momento di fare la domanda cruciale. «Devo incontrare una persona, al *Lake Palace*. Vorrei sapere se è già arrivata. Il nome è Jellie... Jalì. Credo che sia registrata con il cognome di Velayudum, ma potrebbe anche farsi chiamare Markham o Braden.» Sembrava tutto molto losco, vagamente clandestino, ma Michael aveva deciso di coprire tutte le basi.

«Per adesso le stanze occupate sono tre», rispose la donna, guardandolo. «Ha detto che doveva incontrarsi con qualcuno?»

«Sì, ma la data del mio arrivo era incerta.»

«C'è il nome Velayudum, qui. A dire il vero, le persone registrate sono due.»

Michael si sentì morire. Tutti quei mesi, tutti quei chilometri, i suoi sogni. Aveva quarantatré anni e l'espressione di uno stupido, mentre si sentiva dire che Jellie era registrata con un cognome indiano e divideva la stanza con qualcuno, probabilmente l'uomo che portava quel cognome, conosciuto anni addietro durante il suo soggiorno in India. *Jellie, ecco una delle molte cose che non sapevo di te*.

Michael si sarebbe sempre ricordato della solitudine che sentì dentro di sé in quel momento, del gelo, dell'umiliazione. Tutto questo doveva essere ben leggibile sul suo volto, perché la donna, sollecita, domandò: «Vuole lo stesso la stanza, signore?»

Poteva tornare a Madurai, prendere un aereo per Madras e anticipare il rientro negli Stati Uniti. Poi pensò: Questa è assurda vanità maschile, Tillman. Hai talmente paura di quello che troverai in mezzo al lago, che non riesci più a ragionare. Non andrai da nessuna parte se non in quell'albergo, a scontrarti con il tuo destino avverso, costi quel che costi.

«Mi tratterrò solo una notte», disse. «L'albergo si trova su un'isola, giusto?»

«Sì, ma è separata dalla terraferma solo da un breve tratto di palude. Ci vogliono venti minuti di battello per raggiungerla.»

«Quale battello?»

«Esca dalla porta principale, giri a destra e segua il vialetto. Vedrà una piccola costruzione con scritto PERIYAR WILDLIFE SANCTUARY. Lì può comprare il biglietto per la traversata. Il bigliettaio le indicherà quale battello prendere. L'isola si trova in una delle più vaste riserve indiane per la sopravvivenza della tigre e, con il pedaggio della traversata, le faranno pagare anche l'ingresso nella riserva. Se vuole fare un safari nella giungla, deve accordarsi con il bigliettaio per la guida. Senza guida non è permesso uscire dal giardino dell'albergo. Ci sono molti animali pericolosi, sull'isola.»

«La foto che vedo dietro di lei è stata scattata nella riserva?» domandò Michael.

«Sì, sull'isola. Il fotografo che l'ha scattata veniva spesso, fino a qualche anno fa, e alloggiava proprio al *Lake Palace.*»

Michael uscì e seguì il vialetto fino alla biglietteria del santuario della natura. Vi trovò centinaia di turisti indiani che affollavano il molo sottostante e diverse vecchie imbarcazioni cullate dall'acqua. Consegnò a un impiegato il voucher con la prenotazione e ricevette in cambio il biglietto per la traversata. L'impiegato gli disse che doveva mostrare il voucher al pilota della *Miss Lake Periyar*, che lo avrebbe depositato all'albergo.

Regnava il caos. Viaggiare non era mai facile, in India, ma qui sembrava peggio che in ogni altro posto in cui Michael era stato. C'erano tre imbarcazioni per turisti, due delle quali stavano caricando i passeggeri, mentre la terza era già al completo. Sul molo erano accalcati almeno duecento turisti in attesa di attraversare il lago, più un nutrito numero di portatori e di curiosi. Sulla fiancata destra dell'imbarcazione già carica era dipinto il nome *Miss Lake Periyar*.

Michael si fece largo tra la folla, salì a bordo e mostrò a uno dei marinai il voucher dell'albergo. L'uomo pareva molto poco interessato, ma annuì e gli fece segno distrattamente di trovarsi un posto a sedere. La sensazione dominante quando ci si sposta attraverso l'India è di ambiguità, e Michael dubitava fortemente che il pilota sarebbe stato avvisato di fermarsi all'albergo per scaricare un passeggero.

Il battello era costruito su due livelli, uno inferiore chiuso da vetri e un ponte superiore all'aperto. Non c'erano posti a sedere liberi, ma tutti quanti gridavano, ridevano e chiamavano quelli rimasti sul molo, in un vero e proprio pandemonio. I bambini correvano su e giù per le scalette tra il primo e il secondo ponte e ogni tanto qualcuno scendeva per parlare con quelli a terra, e poi risaliva.

Il marinaio al quale Michael si era rivolto si stava sforzando di tenere sotto controllo la folla dei passeggeri, ma stava fallendo miseramente, sopraffatto dalla calca. Come sarebbe stato possibile scorgere degli animali lungo le rive, se questo era lo scopo dell'escursione? Le bestie selvatiche li avrebbero scambiati per l'esercito di un faraone in avvicinamento via lago.

Ma, quando si accesero i motori, il marinaio alzò la voce e riuscì a imporsi, ordinando a tutti quanti di stare seduti. Michael fece un giro di ricognizione, ma i sedili erano tutti occupati e dovette adattarsi sui gradini che portavano al ponte superiore, con un ragazzino seduto sul gradino sottostante. Il ragazzino, incuriosito, continuava a voltarsi e lanciargli occhiate sospettose.

Il battello si allontanò sbuffando dal molo e solcò la superficie del lago lungo e stretto, un bacino artificiale che si estendeva per diversi chilometri alle spalle dell'omonima diga, costruita dagli inglesi nel 1895. I piccoli altoparlanti montati in diversi punti del battello diffondevano una voce che parlava ora inglese, ora uno dei vari idiomi dell'India, informando i passeggeri che, dal lago, si potevano vedere molte specie animali, dai leopardi alle tigri, dagli elefanti ai cinghiali. Michael pensò che, se fossero riusciti a scorgere qualche animale, lo avrebbero visto piegato in due dalle risate allo spettacolo degli strani mammiferi pigiati su quel coso verde che sarebbe dovuto affondare vent'anni prima.

Era il tardo pomeriggio e il sole stava tramontando. Il battello di Michael e i due che seguivano erano gli ultimi della giornata. La giungla sulle sponde del lago scendeva fino all'acqua, tranne per qualche spiaggia di terra qua e là, nessuna più profonda di una quindicina di metri. Michael si alzò per un istante e vide una collina aperta di alberi che sembrava ergersi proprio lungo la loro rotta.

Dieci minuti dopo il marinaio gli posò una mano sul ginocchio e gli annunciò che era arrivato. Michael era teso, tanto da avere il respiro corto come dopo una lunga corsa, quale in effetti era stato il suo viaggio dall'America fino a lì. In quel pomeriggio di dicembre Michael Tillman navigava sull'acqua incendiata dal sole di un suggestivo lago indiano, con una paura folle di quello che lo aspettava.

Il molo di legno, lungo sì e no cinque metri, era costruito su una piccola spiaggia dalla quale partivano dei gradini di pietra che sparivano nella foresta. Attraverso il fitto fogliame s'intravvedeva un lungo tetto di tegole rosse. Sul molo c'era un ragazzino indiano sui quindici anni. L'impiegata dell'*Aranya Nivas* aveva chiamato via radio l'albergo per avvertire che c'era un ospite in arrivo.

Il pilota accostò abilmente il battello al molo e Michael saltò giù. Il ragazzo indicò lo zaino che portava in spalla e lui glielo affidò, quindi affrontarono la lunga salita fino all'albergo. A metà Michael toccò la spalla del ragazzo, facendogli segno che voleva riposare un poco.

Si sedette su una panchina di legno di fianco alla scalinata, si prese la testa tra le mani e cercò d'immaginare quello che avrebbe trovato all'albergo, e come si sarebbe comportato. Il ragazzo attese pazientemente, gli occhi persi nella giungla.

Dopo un paio di minuti Michael si alzò e ripresero a salire. In cima alla scalinata c'era uno spiazzo di terra rossa, dove la giungla era stata tagliata per fare spazio all'albergo. Sulla destra Michael vide una coppia di indiani seduti sulla veranda davanti alla loro stanza. Stavano sorseggiando il tè, ma posarono le tazze per guardare il nuovo venuto passare loro davanti e fermarsi poco più in là sulla stessa veranda. Comparve il direttore, con la chiave, squadrò Michael e lo informò che la cena sarebbe stata servita alle sette, e non era necessario l'abito da sera. Gli domandò anche se gradiva qualcosa da bere. Michael ordinò due birre Kingfisher e seguì il ragazzo lungo la veranda.

La stanza era spaziosa, con due letti gemelli e un vero e proprio bagno sul retro. I mobili, non più nuovissimi, erano di vimini dipinto di bianco. Due finestre si affacciavano sulla veranda, ma le persiane di legno erano semichiuse. Al soffitto era appeso un ventilatore che girava lentamente. Anche la finestra del bagno era chiusa da persiane. Il ragazzo posò lo zaino su uno dei due letti e accese tutte le luci. Michael gli diede la solita mancia e lui si dileguò, chiudendosi silenziosamente la porta alle spalle.

Michael guardò l'orologio: mancavano tre ore alla cena. Si fece una doccia e indossò la camicia kaki e jeans puliti, quindi calzò i sandali, bevve una delle sue due birre e si predispose al peggio. Era pronto a tutto, se mai ci si poteva preparare a quello che temeva di scoprire. Non avendo scuse per restare in camera, uscì sulla veranda di cemento, adesso completamente deserta, che correva lungo la costruzione.

Lo spiazzo di terra battuta al centro del quale sorgeva l'albergo era circondato, dove confinava con la giungla, da un fosso largo un metro e profondo un metro e mezzo, certamente scavato, pensò Michael, per scoraggiare qualunque cosa camminasse su zampe corte o strisciasse sul ventre a scaglie, facendo guizzare la lingua.

I due indiani che aveva visto bere il tè erano nei pressi della loro stanza in fondo alla costruzione, sulla cresta di una collinetta affacciata sul lago, intenti a guardare con il binocolo qualcosa sulla riva opposta. Chiamarono il ragazzo che aveva accompagnato Michael e gli chiesero qualcosa: «Cinghiali», rispose il giovane.

Dal tetto scendevano infiorescenze purpuree. Un attimo dopo Michael udì un suono proveniente dall'acqua e gli ci volle un istante prima di riconoscerlo: il barrito di un elefante. In sottofondo si sentiva anche il motore di un battello. Lui si sedette all'estremità di quella veranda nel Sud dell'India, si accese una sigaretta e sorseggiò la seconda birra, sentendosi come un guerriero che si appresta alla battaglia.

Alle sue spalle, in un punto più a nord della veranda, si aprì una porta e si udì una voce, quella di Jellie. L'adrenalina percorse le arterie di Michael in un flusso molto più abbondante di quando entrava in campo per le sue partite giovanili di basket. Non si era mai sentito così eccitato. Il guerriero era venuto a battersi per questa donna e il suo corpo si stava preparando.

Era arrivato il momento. *Adesso, fallo adesso, Tillman. Sistema la faccenda e mettici una pietra sopra, qui, ora, in questa giungla*. Si girò con il cuore in gola e vide una ragazza indiana uscire da una porta. La giovane poteva avere quindici, sedici anni. I suoi lunghi e lucenti capelli color della notte erano raccolti in una treccia e indossava un sari arancione. Portava braccialetti ai polsi e alle caviglie, anelli d'argento alle dita dei piedi e sandali di corda.

Da quella stessa porta uscì, sulla sua scia, Jellie Markham-Braden-Velayudum, o chiunque fosse quel giorno, che guardò verso lo spiazzo di terra rossa e la giungla. «Che bella serata, Jaya», disse.

«Già», rispose la ragazza. «È il posto più bello in cui sia mai stata. L'aria è così fresca, qui in montagna! Non so come farò ad abituarmi di nuovo al caldo della pianura. Ero tanto ansiosa di trascorrere questi giorni qui con te.»

Lo sguardo di Jellie spaziò sulla veranda, posandosi

per caso sull'uomo seduto da solo a uno dei tavoli. La ragazza disse ancora qualcosa, ma notò lo sguardo di Jellie e spostò gli occhi in quella stessa direzione. Anche lei osservò per qualche istante lo sconosciuto, poi tornò a guardare Jellie, ma lei stava ancora fissando Michael Tillman. Michael stava aspettando che da quella stessa porta uscisse anche il signor Velayudum, e mettesse il braccio intorno alle spalle di Jellie, ma non venne nessuno.

Jellie era come paralizzata. Indossava la tenuta tradizionale delle donne indiane, un completo chiamato *salwar kameese* — una tunica lunga color lavanda e dei pantaloni dal taglio ampio e della stessa tinta che si stringevano alle caviglie, sopra i sandali bianchi. Intorno al collo aveva una sciarpa rossa, le cui estremità pendevano una sulla schiena, l'altra sul petto. E, come la sua giovane compagna, portava bracciali ai polsi e alle caviglie e anelli alle dita dei piedi. I suoi capelli splendevano nella luce fioca della veranda e Michael notò che li portava esattamente come a Cedar Bend, lisci e con la riga da una parte.

Cedar Bend? Rammentò i berretti di lana sotto cui le aveva visto tante volte nascondere la chioma. Ma Cedar Bend esisteva ancora? Era mai esistita? Forse in un altro tempo, molto indietro lungo la tortuosa catena del vivere e dell'amare. Adesso apparteneva a quello stesso mondo vecchio e dimenticato in cui erano relegati Custer e il South Dakota, dove un ragazzo aveva tante volte tirato notte fonda lanciando un pallone in un canestro e riparando una malconcia moto inglese che lo avrebbe portato sulle strade della vita, alla fine con una donna seduta dietro la sella, una donna di nome Jellie.

Jellie prese la mano della ragazza e gli andò incontro. Lui si alzò e non disse nulla: continuava a guardarla negli occhi, che lei non abbassò neppure per un istante. Quando gli fu davanti, Jellie lasciò la mano della ragazza, gli abbracciò la vita e gli posò la testa sul petto. Lui le sfiorò i capelli. Allora lei alzò la testa e lo baciò.

Poi Jellie si rivolse alla ragazza dalla pelle scura. «Jaya, questo è Michael Tillman, l'uomo di cui ti ho parlato.» Posò di nuovo gli occhi su di lui. «Michael, ti presento Jaya Velayudum, mia figlia.»

12

Dhiren Velayudum: rivoluzionario, membro di un gruppo separatista radicale che si batteva contro tutto e tutti coloro che avevano legami con il governo centrale indiano. E Jellie Markham, giovane e idealista a metà degli anni Sessanta, in India per scrivere la sua tesi. Sembrava la trama di un film: un poeta-combattente tamil incontra una giovane americana che sogna un mondo diverso. Per dirla breve, Dhiren Velayudum era un terrorista e Jellie era divenuta la sua amante e confidente. E non le era sembrato terrorismo, nelle loro notti d'amore e nei giorni trascorsi a tessere visioni donchisciottesche di un grande e inarrestabile movimento rivoluzionario mondiale. Jellie aveva sposato Dhiren con una cerimonia tradizionale indiana. Le grida di orrore dei suoi genitori a Syracuse, quando lo avevano saputo, si erano sentite fino in India.

Le cose si erano messe male per i radicali e c'erano stati lunghi mesi di fuga e clandestinità con Dhiren, di villaggio in villaggio e di città in città. Poi, un pomeriggio, si erano ritrovati su quella strada che saliva tortuosa tra i Ghat Occidentali, la stessa che Michael avrebbe percorso anni dopo. L'auto con a bordo Dhiren e Jellie stava affrontando un tornante quando lui si era messo a spingerla, gridandole di scendere dalla macchina e nascondersi. Lei era smontata a precipizio, stringendo tra le braccia Jaya, e si era acquattata dietro dei cespugli. Dhiren era sceso dall'altra parte della macchina ed era corso verso gli alberi sull'altro lato della strada, con in pugno una pistola di fabbricazione russa. C'era stato un crepitio di armi automatiche. I proiettili sollevavano la polvere sulla scia dei suoi passi come un animale invisibile con cento unghie che tentasse di ghermirlo. Alla fine lo avevano raggiunto e crivellato. Dhiren aveva barcollato, ma non si era fermato fino a quando non aveva raggiunto la foresta.

Quella sera al *Lake Palace*, Jellie e Michael rimasero seduti sulla veranda per due ore dopo che Jaya era andata a letto, e lei gli raccontò l'intera storia, senza tralasciare neppure un particolare: i suoi sentimenti per Dhiren, i ricordi che serbava di lui, come avesse portato la sua bambina fino a Thekkady quella notte, a piedi nel buio lungo il margine della strada, poiché là sapeva di trovare alcuni sostenitori della loro causa. Il governo indiano l'aveva punita rifiutandosi di concedere il visto di uscita a Jaya, in modo che Jellie non potesse portarla con sé negli Stati Uniti

Leonard Markham era venuto a prenderla a Delhi, e le sue parole erano state di speranza: « Andiamocene a casa, Jellie. Vedrai che troveremo il modo per portare in America la tua bambina ». Lei sorrise e guardò la notte intorno a loro. « È incredibile come i genitori riescano a perdonare qualunque cosa. »

Spiegò a Michael come avesse combattuto per anni per procurare un visto a Jaya, senza riuscirci nonostante l'accanimento di suo padre e gli appelli lanciati dalle autorità di Washington, D.C., a New Delhi. Ma l'India aveva eretto la sua facciata muta e impenetrabile, e non era accaduto nulla.

Jellie era seduta con le braccia intorno alle ginocchia, raccolte sotto il mento. «Chitra si teneva al corrente delle novità da parte del governo indiano e ogni tanto mi scriveva che non era ancora possibile procurare a Jaya i documenti per l'espatrio. Cercai di tornare, ma mi fu negato il visto. Ti lascio immaginare la mia sofferenza, Michael. Andammo avanti così per tre anni. Io continuavo a chiedere il visto per entrare e a un certo punto, per una ragione che non sarò mai capace di spiegarmi, me lo concessero. Forse con il passare del tempo avevo perduto importanza ai loro occhi.

«Avrei potuto rinunciare alla cittadinanza americana e diventare indiana a tutti gli effetti, forse, ma non mi sentivo pronta e non sono sicura che l'India mi avrebbe accettata. Ero ancora convinta di poter portare Jaya fuori dal paese. Pensai anche di farla uscire dall'India clandestinamente, ma le persone con cui ne parlai mi sconsigliarono di farlo, perché sarebbe stato troppo rischioso. Sarei potuta finire rinchiusa per anni in una prigione indiana e allora sì che Jaya sarebbe rimasta senza una madre.»

Michael annuì, il viso serio. Quando veniva detta una cosa importante, quando bisognava prestare orecchio, Michael Tillman era un ascoltatore imbattibile. E adesso stava ascoltando più che mai, perché era Jellie che gli stava parlando. Strinse gli occhi, poi li massaggiò con le palme delle mani, cercando di restare calmo e non interrompere mentre lei lo metteva al corrente di cose che mai e poi mai si sarebbe aspettato. Ormai si stava abituando all'idea. Certo aveva sottovalutato Jellie. Non era solo una donna bella e intelligente sposata con un collega: aveva vissuto un'altra vita straordinaria, lontanissima da qualunque cosa lui si fosse immaginato. Era molto più adulta di quanto sembrasse, una cittadina del mondo, una donna che aveva avuto esperienze uniche. Michael stava parlando con una Jellie diversa, che aveva vissuto, prima di conoscerlo, un'esistenza che lui non sarebbe mai riuscito a comprendere, per quanto lei cercasse di spiegarsi e lui di capire. Armi automatiche e strade di montagna, un uomo che le aveva dato una figlia nel nome di una dottrina rivoluzionaria idealistica. Lei aveva riso e pianto con quell'uomo, lo aveva amato selvaggiamente ed era fuggita con lui attraverso mille pericoli. Michael provava un misto di tristezza per Jellie e invidia per Dhiren Velayudum, che aveva toccato in lei una corda che lui, Tillman, non avrebbe mai trovato. Che maledetta sciocchezza, pensò, aver creduto che tra loro ci fosse qualcosa, e che presunzione pensare che lei vedesse in lui qualcosa di speciale. Per tutto un anno non aveva fatto che confrontarsi con Jimmy Braden, ma adesso si trovava davanti un avversario di ben altra levatura spirituale, Dhiren Velayudum, vissuto abbastanza a lungo per farsi amare e morto abbastanza presto per imprimersi nella memoria di Jellie Braden con la statura di un semidio. Un ricordo simile non avrebbe mai trovato eguali, perché non era stato sminuito dal trascinarsi di un'esistenza ordinaria. Michael esalò un lungo sospiro mentre Jellie continuava a parlare.

«Intanto Jaya era diventata una fanciulla indiana in tutto e per tutto. Alla fine decisi che forse era meglio che crescesse così, secondo il costume locale. Non che avessi altra scelta. Presi la mia decisione: Jaya sarebbe vissuta con i Sudhana fino a che non avesse raggiunto l'età per andare in collegio, e io sarei venuta a trovarla il più spesso possibile.

«Mandavo denaro ai Sudhana e intanto mi tormentavo, giorno dopo giorno, per non essere accanto alla mia bambina che cresceva. Tuttavia non so se avrei potuto trovare una soluzione migliore. Jaya è una ragazza serena. La vengo a trovare ogni anno, e passiamo sempre qualche giorno in questo posto. Perlomeno può dire di conoscere bene sua madre, anche se ci sentiamo più come due sorelle che non come madre e figlia. Ho sempre cercato di mettere da parte una fetta del mio stipendio, qualunque lavoro abbia fatto in questi anni, e la mandavo in India, ai Sudhana, perché la spendessero per lei. A sei anni è entrata in collegio e da allora vive in convitto.

«Quando incontrai Jimmy Braden e decisi di sposarlo, gli dissi solo di essere stata legata sentimentalmente a un indiano che poi era morto, e di avere ancora qui in India molti amici bisognosi di aiuto economico. Più che mentire, insomma, gli tenni nascosta la verità. Gli dissi che sarei venuta ogni anno, da sola, a trovare i miei conoscenti. Jimmy era disposto a tutto, pur di avermi come moglie — lo so che è terribile, ma è così che stavano le cose tra noi, allora — quindi disse che non ci sarebbero stati problemi. Non si è mai lamentato dei miei viaggi annuali e non mi ha mai fatto domande su che cosa faccio e con chi mi vedo quando sono qui. Come ho già avuto occasione di dirti, Jimmy ha molte qualità. »

Michael si alzò e andò a mettersi alle spalle di Jellie, l'abbracciò e le baciò i capelli. Lei stava fissando il buio intorno a loro. A una cinquantina di metri dall'albergo qualcosa di grosso e in rapido movimento fece frusciare il fogliame.

Jellie si alzò a sua volta, si girò lentamente e posò le mani sul viso di Michael. « Dhiren ti assomigliava molto, sotto certi aspetti, ma non devi pensare di essere un surrogato per qualcosa che non c'è più. Non è così, e devi credermi quando te lo dico. »

Michael sorrise. « Ti credo, Jellie », disse, ma dentro di sé non ne era così sicuro.

« Questa volta sono venuta in India perché avevo bisogno di riflettere e di parlare di noi a Jaya. Volevo chiarire a me stessa quello che provavo e cercare di farlo capire anche a lei. Quando mi hai trovata, questa sera, il mio cuore era già a casa, Michael, a casa, da te. »

Lui la condusse in camera da letto e la baciò dove sapeva che lei più amava essere baciata. Più tardi si sentì grattare rumorosamente alla porta e Michael ebbe la sensazione che fuori, sulla veranda, si aggirasse qualcosa di molto massiccio. Lui si mise a sedere sul letto. « Che cosa diavolo è? Sembra un orso. »

« Credo che lo sia davvero. L'ho sentito anche ieri sera. »

« Ce n'erano a bizzeffe, sulle Black Hills. Hanno un fiuto formidabile. Devo avere ancora della frutta, nello zaino, e lui ha sentito l'odore. Tra poco se ne andrà. »

L'orso, difatti, se ne andò dopo pochi minuti, ma non tornò la pace, perché adesso c'era qualcosa di minuto e agile che sgambettava sul tetto facendo ticchettare le unghie sulle tegole. Michael e Jellie rimasero sdraiati al buio l'uno accanto all'altra. «L'India non sa proprio stare ferma», sussurrò lui.

Jellie tornò nella sua stanza un'ora prima dell'alba. Michael rimase sveglio, a pensare a tutto ciò di cui avevano parlato. Venti minuti prima che facesse luce si vestì e uscì nella nebbia impenetrabile che avvolgeva l'albergo trasformando anche la veranda aperta in una stanza chiusa, e tramutando la giungla circostante in un insieme di forme minacciose camuffate nel grigiore generale. Dall'altra parte del lago, che dall'isola alla terraferma non era più largo di un centinaio di metri, gli giunse il richiamo malinconico e solitario di una scimmia. Sembrava di stare in un vecchio film di Tarzan. Ancora il barrito di un elefante, questa volta più lontano. La scimmia gridò ancora una volta e ricevette risposta da un'altra, tra i richiami intermittenti degli uccelli che si svegliavano.

Con l'aiuto della sua piccola torcia elettrica, Michael fu in grado di ritrovare i gradini che scendevano fino al lago. Non sapeva bene il perché di quella decisione, ma di certo aveva a che fare con il suo amore per Jellie e la calma che gli dava il sapersi ricambiato. Era una piccola cerimonia personale, un modo come un altro per riorganizzare ciò che pensava di lei alla luce delle strabilianti rivelazioni della sera precedente. Si sedette su un palo del molo, dal quale erano visibili la sponda opposta e la riva dell'isola alla sua destra, e attese, ascoltando i suoni al di sopra dello sciabordio delle piccole onde. La prima luce pervase la nebbia.

Stava fissando il nulla, pensando a Jellie e Jaya addormentate in albergo. Una leggera brezza cominciò a soffiare attraverso la nebbia, sempre più trasparente via via che il sole si faceva strada nel cielo tra le montagne.

La tigre vide Michael prima che lui si accorgesse della sua presenza. Era a una trentina di metri da lui, sulla riva del lago, e aveva appena sollevato la testa dall'acqua dopo essersi abbeverata. Non si mosse, ma continuò a tenere la grossa testa rivolta verso Michael, a novanta gradi con il resto del corpo. La lingua rosea guizzò per asciugare le gocce sul mento bianco.

Il piano? Ma quale piano, stupido di un Tillman, stava pensando Michael. Per mettersi in salvo in albergo avrebbe dovuto compiere uno sprint di almeno quaranta secondi in salita su gradini sconnessi, oppure prendere una via più lunga attraverso la giungla, e una tigre del Bengala lanciata in piena velocità può coprire cento metri in quattro secondi. Se la belva lo voleva sbranare, lui non poteva farci nulla. Correre sarebbe stato del tutto inutile, per non dire patetico.

Tuttavia, per qualche insondabile motivo, Michael non era preoccupato. Neppure in seguito, ripensandoci, avrebbe capito perché. Stava pensando, invece, che qualunque appassionato di safari fotografici avrebbe gettato la macchina da presa e se la sarebbe data a gambe, se gli fosse capitata un'esperienza simile. Non avrebbe ricevuto nessuna medaglia, per il suo avvistamento. Non avrebbe vinto nessuna partita, per il suo coraggio. Là fuori era pieno di gente che praticava quella sorta di banditismo visivo e si lamentava aspramente quando la diligenza non si lasciava assaltare. Si era fermata davanti a lui, nella nebbia, all'alba.

Michael cominciò a provare un certo piacere al solo sostenere lo sguardo della tigre. C'era qualcosa di puro nel contemplare l'esistenza, nel rendersi finalmente conto con sollievo che i grattacieli e i centri commerciali non erano ancora riusciti a distruggere proprio tutto. Sì, c'era qualcosa di bello ed esilarante nel sapere che le creature che strisciavano verso i fossi scavati dall'uomo, o grattavano alla tua porta nel buio, o ti fissavano attraverso una nebbia sottile come garza dalla sponda di un lago nell'India del Sud esistevano davvero, se ne infischiavano delle tue gioie e dei tuoi dolori ed erano libere di sparire indomite nella giungla, se lo desideravano.

La tigre abbassò la testa, bevve ancora, guardò di nuovo Michael e poi si avviò sinuosa lungo la riva, nella direzione opposta. Dopo una cinquantina di metri si voltò di nuovo, e questa volta guardò Michael per quella che gli parve un'eternità. Altri cento metri e si dileguò nella giungla. Il sole vinse definitivamente la sua battaglia contro la nebbia e la sciolse, trionfando nel cielo.

«Buongiorno, Michael.»

Erano Jellie e Jaya, che portavano due tazze di tè e una di caffè per l'esperto di felini che stava ascoltando il proprio cuore riprendere a battere ai ritmi normali. Michael non parlò loro dell'avvistamento, perché temeva che la delusione di non essere arrivate in tempo per vedere la tigre rovinasse loro lo splendore di quell'alba. Quando raccontò l'episodio, più tardi, tutte e due si dissero dispiaciute e contente: dispiaciute di aver mancato un'occasione unica, e contente di non aver corso rischi.

« Michael », disse Jellie, gli occhi grigi traboccanti di amore per lui, « non abbiamo parlato di programmi, ieri sera. Jaya e io abbiamo prenotato per altre tre notti. Ti puoi fermare anche tu? »

Se poteva? Si sarebbe battuto in un corpo a corpo con la tigre del Bengala, per aggiudicarsi questo privilegio. « Sono libero fino a metà gennaio. Ho prenotato il ritorno per il giorno dodici. Tu che programmi hai? »

Jellie esitò. Lui intuì che aveva problemi di denaro.

« Lascia che ti dica una cosa. Stai guardando un uomo che vive in un appartamento modesto, possiede solo una motocicletta vecchia di trent'anni e una Dodge-Dart di quindici e riceve uno stipendio appena passabile. Se vi va, possiamo viaggiare, andare dove ci pare. Possiamo navigare sugli estuari del Kerala, riposarci sulle spiagge di Goa, risalire in nave fino a Bombay e prendere due stanze al *Taj Mahal Hotel.* Offro io, e sono bene accette le proposte di ogni tipo. »

« Ti costerà una fortuna », osservò lei, baciandolo per la prima volta quella mattina.

« Potrai ripagarmi sul tavolo di cucina a Cedar Bend », bisbigliò di rimando lui.

Lei alzò gli occhi al cielo. « Ho già trovato un nuovo lavoro, a quanto pare. » Rise, e anche Jaya rise, anche se non sembrava aver capito bene perché. Ma Michael lo sapeva: Jaya rideva perché sua madre era felice, amava un uomo e non si vergognava di dimostrarlo. Lo avrebbe capito anche lei, presto o tardi.

Fu così che viaggiarono. Rimasero al *Lake Palace* altre tre notti, poi andarono a Kerala a vedere le famose reti da pesca cinesi e alloggiarono al *Malabar Hotel*, dove nuotarono nella grande piscina e cenarono tardi la sera su tovaglie di lino con vista sulla baia. Passarono da Goa e indugiarono sulla spiaggia, presero la nave per Bombay e scesero al *Taj Mahal*, dove si trattennero per cinque giorni. Da lì presero l'aereo per Jaipur, la Città Rosa, e parteciparono a un safari a dorso di cammello nel deserto del Rajasthani.

Il 5 gennaio misero Jaya, che doveva tornare a scuola, su un aereo per Cochin. Restavano loro sette giorni da trascorrere da soli. Tornarono a Pondicherry, da Maigrit. («Oh, monsieur, l'ha trovata, vedo. Posso dirle che ne è valsa la pena?») Cenarono nei piccoli ristoranti indiani, uno diverso ogni sera. Un pomeriggio fecero una lunga passeggiata sulla spiaggia e si abbandonarono all'amore sulla sabbia, poi nuotarono nudi nell'acqua tiepida del Golfo del Bengala e rifecero l'amore in acqua. Michael non dimenticò la sua conferenza al college, un debito di riconoscenza che aveva con il dottor Ramani.

Jellie era commossa dal fatto che Michael avesse prenotato il rientro in America il 12 gennaio, perché questo voleva dire che si era preparato a cercarla per ben sette settimane. «Se non ti avessi trovato entro la sesta», disse lui, «avrei telefonato al college e avrei detto di trovarsi un sostituto per il semestre di primavera. Ero deciso a girare l'India con il mio zaino in spalla finché non ti avessi trovata, Jellie, a costo di restare qui per anni.»

Il 12 gennaio raggiunsero Heathrow con un aereo

della British Airways, leggendo, ridendo e tenendosi per mano. Ogni tanto, però, pensavano a come spiegare tutto questo a Jimmy, e allora il sorriso spariva dai loro volti.

Tra Londra e Chicago, più o meno sulla Groenlandia, Jellie posò la testa sulla spalla di Michael. Lui la guardò negli occhi grigi e vide la sua preoccupazione.

« Che cosa c'è, Jellie? »

« Pensavo. La gente aveva soprannominato Dhiren 'Tigre del Mattino'. »

Poco dopo si addormentò, dolcemente adagiata contro di lui. Michael prese piano piano il taccuino dalla tasca della giacca mimetica, facendo attenzione a non svegliarla, e scrisse: « La Tigre del Mattino vivrà in eterno ».

13

James Lee Braden III era un razionalista di medio livello. Tutto ciò che non poteva essere dimostrato in termini di evidenza empirica non esisteva, tranne Dio, che godeva di immunità dall'ispezione razionale e veniva affrontato una volta la settimana, la domenica, alla Prima Chiesa Presbiteriana. Un giro di chiave nella toppa, lo scatto della serratura e Jimmy alzò gli occhi dall'autobiografia di John Maynard Keynes che stava leggendo. Sua moglie entrò in casa seguita da Michael Tillman.

Questa volta Jimmy non pianse. E non si stupì più di tanto. Avvenimenti paralleli — Jellie partita, Michael che se ne andava pochi giorni più tardi. L'altalena nel parco, la moglie di un membro di facoltà che li aveva visti uscire insieme dal *Ramada*, pettegolezzi negli uffici. Tutti particolari trascurati al momento, ma riemersi al momento di tirare le somme: pur sempre dati, anche se incompleti e banali. Induzione e conclusione, per quanto incerta: forse Jellie e Michael Tillman erano più che amici.

In quella sera di gennaio del 1982, la conclusione divenne certa. Jimmy disse che capiva come potessero sentirsi attratti l'uno dall'altra. La sua prima domanda fu: «Ma che cosa succede di tutti noi adesso?» Sembrava quasi sollevato, più preoccupato dello stile che della sostanza.

In quel momento Jellie si dimostrò molto meno razionale e formale del marito. Erano stati sposati per undici anni, e non era acqua fresca. Era molto turbata e disse a Jimmy che le dispiaceva, che si sentiva tremendamente in colpa per come si era comportata. Fu lui a consolarla, dicendo: «La nostra decisione di sposarci era giusta al momento, ma la gente cambia e non ha senso vivere secondo delle scelte fatte undici anni fa da persone diverse da come sono adesso».

Jellie fece i bagagli e si trasferì da Michael. Imbiancarono l'appartamento e a poco a poco lo trasformarono in qualcosa che potesse andare bene per entrambi. La Shadow rimase al suo posto, in salotto. Non era neppure il caso di discuterne. Jellie propose di stenderci sotto un telo per proteggere il pavimento di quercia dal grasso e dagli attrezzi. Michael sorrise e accettò, ma disse che si trattava di una concessione enorme, da parte sua.

Riprese a insegnare, ignorando gli sguardi in tralice e le dicerie, finché tutti quanti non si furono abituati all'idea e la sua storia con Jellie non divenne che un episodio della saga universitaria. Lei riprese a usare il suo nome da ragazza, finì gli esami e si iscrisse ai corsi per conseguire il dottorato in antropologia. Quanto a

Jimmy, preferì andarsene. Arthur Wilcox gli trovò un posto come preside in una scuola privata nel Nord-Est, vicino ai suoi genitori. Fu una decisione soddisfacente per tutti.

Tranne che per Eleanor Markham: non si riprese mai dalla brutta sorpresa, e avrebbe continuato per sempre a vedere Michael come una piaga sociale e un rovinafamiglie. Quello che più la scioccava era il suo modo di viaggiare e per poco non pianse un pomeriggio quando, guardando fuori della sua finestra a Syracuse, vide la Black Shadow risalire rombando il vialetto. La moto adesso non era più una bizzarra astrazione accomodata nel salotto di un professore un po' matto: era una realtà, e dietro il matto, a cavalcioni della sella, sedeva la sua figlia quarantaquattrenne. Furono il giubbotto di pelle di Jellie, gli stivali e gli occhiali a specchio a scioccarla. Aveva sperato in qualcosa di meglio per lei.

Michael e il padre di Jellie andarono a pescare trote insieme. Leonard Markham non parlava mai male di nessuno e nominò Jimmy una sola volta, in presenza di Michael. Stava gettando una mosca artificiale, che atterrò dolcemente sulla superficie dell'acqua dietro una grande roccia, dove il torrente formava un piccolo vortice. Sbuffò il fumo della pipa, strattonò leggermente la mosca e disse: «Jim Braden aveva paura dell'acqua. Se lo immagina, Michael?» Lui non rispose e Leonard diede un altro strappo alla mosca. Una trota passò accanto all'esca, ma decise di rinunciare all'impresa e lasciò perdere, esattamente come Leonard Markham lasciò cadere l'argomento Jimmy Braden per non tornarvi mai più sopra.

Jellie e Michael andavano in India regolarmente, una

volta l'anno. Nel 1984 portarono Jaya con loro in America, perché conoscesse i nonni, quindi andarono tutti e tre a fare visita alla madre di Michael, confinata in una casa di cura a Rapid City. Era molto vecchia e si reggeva a malapena in piedi, ma quasi completamente lucida. Ruth Tillman prese la mano di Jaya e la tenne a lungo tra le proprie, sorridendo. Era il meglio che Michael fosse riuscito a darle in quanto a nipoti, ma per qualche inspiegabile motivo Ruth Tillman parve ritenersi ampiamente soddisfatta.

Ecco come andò. Il rapporto tra Jellie e Michael non si poteva dire né pacifico né definito, perché veniva continuamente rielaborato e riconquistato. Lui era un solitario, un eremita, nello spirito, e non sarebbe mai cambiato. A volte si prendeva un poco di respiro da Jellie: inforcava la sua moto, oppure si isolava mentalmente da lei. E lei ne soffriva.

«Le persone non sono motociclette, Michael. Non puoi smontare la catena e appenderla allo schienale di una sedia finché non ti viene voglia di rimontarla.»

Lui le sorrise. «Hai ragione. Hai sempre ragione, su questo. Le donne sanno cose che gli uomini ignorano, quando si parla dell'interfaccia tra i sessi... Però, non è male come psicodefinizione, non trovi? L'interfaccia tra i sessi. Uno di questi giorni ti farò una sorpresa e diventerò 'facilitatore della riconciliazione tra i sessi'. L'ho letto su una rivista. Esistono nuove opportunità di lavoro, oggigiorno, che ai nostri tempi non ci sognavamo neppure.»

Lei roteò gli occhi e incrociò le braccia. «Sarà, ma non credo proprio che tu sia realmente interessato alla riconciliazione tra i sessi, né in questa casa, né altrove.»

«Hai di nuovo ragione, ma non per quanto riguarda questa casa. Sotto molti aspetti sono un bravo ragazzo, anche se ho un passato discutibile. Nadia Koslowski ha tentato ripetutamente di domare il cromosoma Y, ma ha lasciato il suo lavoro incompiuto. Tu hai ripreso da quel punto e hai già scoperto che, da quel punto di vista, sono addomesticabile solo marginalmente. M'interessa la coesistenza pacifica, ma anche lavorare, andare a pesca, in moto. La mia attenzione è incostante, oscillo come l'orbita di Mercurio. M'impegnerò a migliorare, lo prometto, ma non credo che darò grandi risultati. E non sono sicuro neppure che tu mi voglia davvero così diverso da quello che sono. Potresti ritrovarti con un lacchè ossequioso. Ma che cosa te ne faresti?»

«Michael, a volte vorrei metterti in formalina per conservarti così come sei in questo momento. Potremmo esporti allo Smithsonian con attorno al collo un cartello con la scritta UOMO AL DI LÀ DI OGNI SPERANZA, così le future e più illuminate generazioni potrebbero ammirarti. Carolyn aveva ragione quando diceva che sei incorreggibile.»

Lui alzò le mani in un gesto di resa. «E va bene, sono colpevole. Sì, è molto più facile dichiararsi colpevoli, sai? Si evitano un sacco di discussioni. Inoltre, anche se non condivido la tua fede nella saggezza delle future generazioni, l'idea dello Smithsonian mi piace. Ma voglio essere messo in formalina sulla mia moto, e con una canna da pesca in mano. Devi assolutamente ricordare anche quanto sei stata felice con Dhiren e quanto sei stata infelice con Jimmy Braden. Una volta mi dicesti che Jimmy era così conciliante e ambivalente da tirarti pazza. Sei una donna forte, Jellie Markham, ma ti piace che i tuoi uomini abbiano in sé qualcosa di selvaggio e inafferrabile. Tuttavia, pur essendo pienamente conscio delle mie manchevolezze e del mio scarso valore in generale, ti chiedo ancora una volta di sposarmi, come faccio ogni settimana.»

Lei si mise a fissare le proprie scarpe da tennis. In un certo senso Michael aveva ragione. Non era mai riuscita perfettamente a comprenderlo, però, quel lato di se stessa. Gli uomini che più aveva amato l'avevano resa felice e infelice insieme. Senza staccare gli occhi dalle scarpe, disse: «Te l'ho già detto, due matrimoni mi sembrano abbastanza. Un terzo sarebbe di troppo». Gli sorrise. «Grazie per la disponibilità, comunque. Sono sempre contenta, quando me lo chiedi. Chissà che un giorno non ti sorprenda con un sì.»

«L'offerta rimane aperta. Che cosa ne dici di due dita di Jack Daniel's, un bagno e il tipo di riconciliazione che sembra riuscirci meglio? Taglia e incolla, fai la pace e fai l'amore.»

«Andiamo prima a fare la spesa. Ti viene sempre fame, dopo.»

Lui infilò il giubbotto di pelle. «Anche a te. Andrò io al negozio, per farmi perdonare i miei molti peccati. Hai una lista?»

«No. Tu?»

«Nemmeno. Comprerò birra, patate e tutto quello che mi verrà in mente lungo la strada.»

Un'ora più tardi erano seduti insieme nella piccola vasca, immersi fino al petto nell'acqua e nella schiuma. Lei gli posò i piedi sulle spalle, lui le fece scorrere le mani sulle cosce e le disse, per la millesima volta, che aveva i seni più belli dell'universo. Jellie lo guardò da sopra l'orlo del bicchiere e scoppiò a ridere.

«Che cosa ti prende? Sono grandiosi, sai? Davvero.»

«Stavo pensando alla formalina e al museo. Credo che lo farò davvero, quando sarai diventato così vecchio che non potrai più difenderti.»

«Accomodati pure. Vicino a me puoi mettere Arthur Wilcox, con la scritta UOMO PROSTRATO, RESO PAZZO DALL'UOMO AL DI LÀ DI OGNI SPERANZA. Ricordati di mettergli delle cianografiche in mano.» Michael appoggiò la schiena alla vasca. «Scusa se cambio argomento. Ti ricordi quel bel posto sulle Black Hills, quel White Bear Canyon dove siamo stati una volta insieme?»

«Certo.»

«Perché non ci trasferiamo là, quando avrai avuto il tuo dottorato? Io lascerò l'insegnamento, prenderò la pensione e mi metterò a scrivere. C'è un piccolo college, non lontano da lì, che si chiama Spearfish State. Potresti farti dare una cattedra lì, se ti va.»

«Ci penserò. Non adesso.» Jellie gli fece scivolare le gambe intorno alla vita e si sedette sul suo grembo, cingendogli le spalle con le braccia. «Adesso m'interessa di più trasferirmi sul letto.» Buttò indietro la testa e la scosse. «Gli uomini! Siete uno più matto dell'altro.»

Michael la baciò dolcemente a lungo, sulle labbra, su entrambi i seni, e le fece correre la lingua lungo il collo, fino alla gola. «Non tutti. Solo quelli che piacciono a te.»

* * *

Jellie ottenne il dottorato nel 1987. Michael ebbe il permesso di assistere alla cerimonia con la toga accademica e il cappello a sei punte, anche se ambedue, non essendo più stati messi da anni, ebbero bisogno di un doppio lavaggio a secco prima di ritornare presentabili. Quando Jellie attraversò il palco per ricevere il diploma, Michael per poco non svenne per l'orgoglio, sapendo quanto tutto questo fosse importante per lei. Organizzò in suo onore una festicciola in casa, durante la quale bevve da solo una bottiglia di champagne, sorridendo felice seduto sulla Shadow, gli occhi fissi su quelli grigi di lei mentre riceveva le congratulazioni di tutti. Jellie Markham era diventata, almeno professionalmente, completa.

Più tardi quella sera, quando gli ospiti se n'erano andati nei posti in cui vanno generalmente gli ospiti quando lasciano una festa, lei uscì dal bagno con la toga e il tocco. Michael era ancora seduto sulla moto, a piedi nudi, in maglietta e jeans, una bottiglia di champagne in bilico sul serbatoio. «La dottoressa Markham, suppongo», disse.

Lei sfoderò il suo sorriso più salace, quello che sfoggiava sempre quando voleva affrontare le questioni carnali, e, scostando la toga, gli mostrò che sotto era nuda. «La dottoressa Markham è pronta per ricevere il suo regalo, se anche il dottor Tillman lo è.» Lui lo era, e la serata finì alla grande con Michael a cavallo della Shadow e Jellie a cavallo di Michael, Miles Davis nel registratore. Lei gli mordicchiò un orecchio. «Vrum, vrum», bisbigliò, mentre si muoveva lentamente su e giù con lieta, silenziosa intensità sul motociclista.

Nel 1988 morì la madre di Michael. Otto mesi dopo

telefonò un agente immobiliare, dicendo di avere trovato un cliente disposto ad acquistare la casetta di Custer. Dopo una settimana sarebbero iniziate le lezioni, ma Michael inforcò la moto e partì.

L'affare si concluse e lui ripartì per Cedar Bend, affrontando le Black Hills e percorrendo strade secondarie per l'intera distanza. A est del Missouri incontrò forti acquazzoni, ma aveva poco tempo da perdere e, indossata una cerata gialla come il sole che sventolava con la velocità, continuò a viaggiare. La notte lo sorprese al confine con l'Iowa.

Accadde sulle colline a est di Sioux City. Slittò in curva, finendo nella corsia opposta. La visiera era leggermente appannata e si era già reso conto di non vederci più bene come una volta, di notte. Sbatté le palpebre, poi si sforzò di penetrare con gli occhi l'oscurità. Il camion procedeva a tutto gas tra le mani di un autista assonnato che stava trasportando verso Omaha quaranta tonnellate di veicolo più un carico di parti di trattori. Il camionista, quando sentì derapare il rimorchio, uscì dal suo torpore, cercò di riacquistare il controllo del mezzo e vide la cerata gialla fluttuare nel vento un centinaio di metri davanti a sé, illuminata in pieno dai fari.

Michael fu accecato dalle luci. Il camion gli era quasi addosso e non avrebbe avuto il tempo di lasciar cadere la moto e scivolare sull'asfalto per evitarlo. Pensò a Jellie e alle tigri. Chissà perché proprio alle tigri, in quel momento. Sterzò e, a centoventi all'ora, indirizzò la moto fuori strada, verso gli alberi. Fu come un razzo giallo che guizzava nel bosco, evitando i tronchi, frenando all'impazzata e saettando in quel labirinto tra apparizioni di tigri e Jellie che lo guardava come in quei momenti, trattenendo il fiato, con gli occhi spalancati e i seni e il ventre che si sollevavano per andare incontro alla tigre e a lui, e Michael sorrise perché per un attimo, un fuggevolissimo attimo così breve da essere quasi inesistente, credette di potercela ancora fare. Finché il razzo giallo prese il volo, come una farfalla.

Nei momenti di lucidità, Michael udiva il ronzio delle apparecchiature alle quali era collegato. Era un rumore di sottofondo, vago e costante. Di tanto in tanto entrava in funzione un certo macchinario e allora il rumore si faceva più forte, cosa che Michael non gradiva, ma contro la quale non poteva in nessun modo intervenire.

Era conciato male. I medici lo avevano detto chiaro e tondo: aveva il bacino incrinato, entrambe le braccia spezzate, una frattura composta a una gamba e lesioni interne un po' ovunque. Aveva creduto di essere spacciato, e con lui i dottori. Aveva cercato di abituarsi all'idea, resistendo strenuamente per dare a Jellie il tempo di arrivare, per rivederla un'ultima volta. Si era concentrato sul suo viso, lo aveva ricostruito nella propria mente, l'aveva fatta sorridere per lui e, la mattina dopo, si era ritrovato ancora vivo nel letto.

Fuori della sua stanza, al banco del reparto di terapia intensiva, aveva udito una voce strozzata dal panico. «Dov'è Michael Tillman, per favore? Sono sua moglie.» Sua moglie... Non aveva mai pensato a lei in questi termini.

Si era chinata su di lui. «Oh, Michael... Michael.

Sono venuta il più in fretta possibile. Cerca di guarire e mi prenderò cura di te per sempre. Non ti preoccupare. Andrà tutto bene.»

«Jellie, toccami la faccia.» Aveva la gola con infilato dentro un tubo e la sua voce era un sussurro, roco per giunta, ma lei lo udì e gli accarezzò la guancia. Lui sentì le lacrime, goccioloni enormi, sgorgare da entrambi gli occhi. Non era autocompatimento... o forse sì. Non lo sapeva, non aveva importanza. Sentiva il tocco della mano di lei sul viso, pensava a tutto il bene che le voleva e che non avrebbero mai più fatto l'amore ridendo piano, come una volta, e non l'avrebbe mai più portata sul lago Heron in sella alla sua Shadow, e non avrebbero mai più potuto sedersi sulla veranda del *Lake Palace Hotel*, frugando la giungla con gli occhi in cerca di tigri che lui sapeva esistere, perché ne aveva vista una nella nebbia una mattina, il giorno in cui il mondo aveva cominciato a girare come lui si era tanto augurato.

Jellie stava piangendo cercando di non darlo a vedere. Michael restò in stato di semincoscienza per giorni e giorni ma, alla fine, il suo corpo decise di dargli un'altra possibilità. Era un giovedì di pioggia, quando riaprì definitivamente gli occhi, e lei era seduta al suo capezzale. Lo guardò e gli sorrise: «Bentornato, Michael».

Bastò qualche settimana perché Michael riuscisse a rimettersi in piedi, con l'aiuto di Jellie, simile a un goffo uomo di neve nelle sue grottesche ingessature. Non era un paziente modello: se il suo corpo aveva bisogno di riposo, la sua mente cercava di continuo l'azione.

Dopo che gli ebbero tolto anche l'ultimo gesso, Jellie dovette abituarsi, tornando a casa dall'università, dove insegnava provvisoriamente, a trovarlo che tentava di fare flessioni sulle braccia o seduto chino sulla scrivania, dove cercava di rieducare alla tastiera i muscoli anchilosati delle braccia e delle mani.

«Ma insomma, Michael, mi faccio in quattro per farti stare meglio e tu non vuoi saperne di aiutarmi. Ho le lezioni, la casa e te, e ti assicuro che non è poco. Devi sforzarti di collaborare almeno un po'. di prendertela comoda come ti ha consigliato il dottore. E non guardarmi con il broncio, come un ragazzino. Ho troppo da fare per perdere tempo con queste sciocchezze.»

«Mi sento inutile! Che vita è questa? Sono diventato un parassita della società. Prendo addirittura l'indennità d'invalidità.»

«Prova a pensarla come un allenamento di pallacanestro, Michael. Investi adesso per raccogliere i frutti in futuro.»

«Sei troppo logica, infermiera Jellie. Troppo, davvero.»

«Sei tu il matematico, Michael. Peccato che, quando si tratta di te stesso, diventi del tutto incapace di ragionare.»

«Questo mi mette nel calderone, vero? Sto diventando come la maggior parte delle persone. È la prima volta che mi succede e non mi piace affatto.»

«Che ti piaccia o no, è così. Adesso vado in biblioteca. Ho sei ore di tempo per preparare un corso di rilevamento.»

Jellie infilò il cappotto e uscì. Due ore più tardi lo

chiamò da un apparecchio a gettoni in biblioteca. «Tutto bene?»

«Sì. Il tuo bambino non fa più il broncio e promette di essere buono. Scusa se ti ho fatta arrabbiare. Voglio dire, è stata solo colpa mia se mi sono ridotto così, e adesso sto riversando su di te i risultati della mia idiozia.»

«Io ti amo, Michael, davvero. Ma a volte non è facile, sai? Te ne rendi conto anche tu, vero?»

«Ebbene sì, lo ammetto. Devi davvero restare lì altre quattro ore?»

«No. Stavo solo cercando una scusa per fuggire dal reparto di riabilitazione di Walnut Street. Adesso vengo a casa a preparare qualcosa per cena.»

«Niente affatto. Preparerò io una minestra, o qualcosa del genere, e te la farò trovare pronta per quando rientri.»

Alla fine le dita di Michael ripresero a volare sulla tastiera, le idee ricominciarono a formarsi nella sua mente e, di sera, lo schermo azzurrognolo del computer era sempre acceso. Dopo tre mesi poté uscire non accompagnato e, qualche settimana più tardi, tentò la prima uscita di jogging. Adesso ridevano come prima, e avevano ricominciato anche a fare l'amore.

Ma vivere con l'intensità di Michael non era semplice. Jellie lo aveva sperimentato prima dell'incidente, ma ora sembrava che lui volesse recuperare il tempo perduto. Era costante, insistente, un continuo sprone a valicare frontiere della mente e dello spirito che andava ridefinendo ogni volta che vi si avvicinava, spostandole perché lo stimolo non si estinguesse. Michael rincorreva le sue frontiere e Jellie le cose che lui andava perdendo lungo la strada perché la sua mente era sempre altrove, e si rifiutava di registrare dove aveva appoggiato le chiavi della macchina, oppure il libretto degli assegni o l'ultima stesura di un articolo.

« Tu non sai cercare, Michael. Frughi in un mucchio di carte, oppure sposti le cose sopra il frigorifero e credi di aver fatto tutto il possibile. E poi ti metti a gridare: 'Jellie! Hai visto questo? Hai visto quell'altro?' Non hai metodo. »

« Non è vero. Uso il metodo del cavallo smarrito. » Stava mordicchiando una mela e aveva appena finito di lagnarsi perché non riusciva a trovare la busta paga dell'ultimo mese, che si era ripromesso di portare in banca appena fosse riuscito a scovare le chiavi dell'auto e i guanti.

« E quale sarebbe, questo metodo del cavallo smarrito? »

Michael, la mela tra i denti, rovistava sopra il frigo, parlando nello stesso tempo. Sembrava affetto da un grave difetto di pronuncia. « Se smarrisci un cavallo, va' dove l'hai visto l'ultima volta e comincia da lì. »

« Mettiamo che tu abbia portato il cavallo in un certo posto, per cominciare, e ti sia dimenticato di averlo portato, dopo, in un altro posto. Il tuo sistema, in questo caso, non funzionerebbe. »

« Tutti i metodi hanno delle carenze. » Michael sorrise, lanciò la mela mezza mangiata sopra la spalla e l'acchiappò al volo con l'altra mano. « Aiutami a trovare quel dannato assegno, Jellie, così potrò cercare anche le dannate chiavi della macchina, e dopo i dannati guanti. Ti supplico, Jellie. Stai guardando un cercatore disabile. Tutti gli uomini sono disabili, per un verso o per l'altro. È un altro dei molti difetti incurabili del cromosoma Y. »

Jellie continuò a lavorare come precaria all'università. Insegnare le piaceva moltissimo. Michael, invece, era sempre più insofferente nei riguardi di una burocrazia accademica che operava, dal suo punto di vista, solo a proprio vantaggio, per la sua stessa sopravvivenza e nient'altro. Jellie era capace di passarci sopra, ricavando grandi gioie dagli studenti e dalla ricerca. Per lei era un territorio tutto da scoprire, Michael vi bazzicava da oltre vent'anni.

Nel 1990, dopo averne discusso a lungo, si trasferirono nel White Bear Canyon. Jellie nutriva delle riserve, non era sicura che fosse giusto per lei rinunciare alla propria vita professionale per seguire il vento dal quale Michael aveva deciso di lasciarsi trasportare. Ma lui era stato infelice, all'università, e lei avrebbe avuto la possibilità di trovare una cattedra alla Spearfish State. La vita nel canyon era tranquilla e piacevole, ma Jellie era irrequieta. Se Michael era in grado di lavorare da solo e goderne, lei aveva bisogno di un'organizzazione alle spalle, di un posto dove recarsi a insegnare ogni mattina e dove condurre ricerche convenzionali nel proprio campo.

L'anno seguente Jellie andò in India da sola. Jaya mise al mondo il suo secondo figlio, ma fu un parto complesso e Jellie, per aiutarla, si trattenne là più del previsto. Passarono due, poi tre mesi. L'India stava ricominciando a tessere intorno a lei la sua tela. I geni di Elsa Markham l'attiravano in direzioni ben lontane dalla vita nel White Bear Canyon, accanto a un uomo difficile e problematico. Un architetto francese di Auroville la invitò a cena. Era un bell'uomo, ci sapeva fare. Una volta andarono insieme all'Alliance Française ma, la seconda volta che lui le chiese di accompagnarlo, lei rifiutò. Non le sembrava onesto nei riguardi di Michael. L'architetto continuava a telefonarle. Le mandava fiori, le lasciava biglietti sulla porta di casa.

Michael non sapeva di avere un rivale, ma cominciò a preoccuparsi. Telefonò, un giorno, e chiese: «Quando hai intenzione di ritornare, Jellie?» La sua voce era dubbiosa.

«Ancora non lo so», rispose lei, cercando di suonare noncurante.

«Se vuoi, dal prossimo autunno c'è un posto per te alla Spearfish State. Hanno chiamato due giorni fa.»

«Non so darti una risposta, adesso. È tutto quello che posso dirti, Michael.»

La Spearfish State contro l'eccitazione di una vita cosmopolita a Pondicherry. Cene all'Alliance Française, un attraente francese raffinato e pieno di attenzioni capace di apprezzare e capire i sentimenti di una donna. Jellie uscì con lui altre volte. Lui voleva portarla a visitare Parigi. Era semplice vivere così, senza complicazioni. Inoltre poteva stare vicina a Jaya e ai nipotini, espiare la sua colpa di non essere mai stata una vera madre per la figlia. L'università di Pondicherry le offrì un lavoro part-time e una sera, travolta dal profumo di gelsomino trasportato dal vento del golfo, per poco non andò a letto con il francese. Stava scivolando in una nuova esistenza, e la vecchia sembrava così lontana, adesso. La prossima volta non si sarebbe più tirata indietro.

Michael telefonò di nuovo. La sua voce era più distaccata di quanto la ricordasse. Aveva vissuto da solo prima di conoscerla, poteva farcela anche adesso, pensò Jellie. Era venuto a cercarla in India una volta, ma non lo avrebbe fatto una seconda. Quando si salutarono la sua voce cambiò, divenne leggermente triste e il suo addio aveva un tono definitivo.

«Mi manchi tanto, Jellie.»

Questa frase la fece piangere, per motivi che non riuscì a capire.

Nel sole bianco delle mattinate indiane, la diga marittima di Pondicherry che curvava in lontananza appariva presa in prestito da un paesaggio mediterraneo. La sera, quando le strade e le case emanavano ancora il calore del sole appena tramontato, era meta di passeggiate. Dopo aver parlato al telefono con Michael, Jellie vi andò insieme con una moltitudine di abitanti della città, e vi rimase a lungo seduta. Poco sopra l'orizzonte era sospesa una sottile fetta gialla di luna, più o meno in direzione della Birmania.

Di ritorno a casa, andò a mettersi davanti a uno specchio e si contemplò a lungo. Aveva cinquantun anni. L'architetto francese le aveva assicurato che non ne dimostrava più di quaranta. Gli uomini si giravano ancora a guardarla, quando passava, ed era buon segno, pensò. Si spazzolò i lunghi capelli neri, sistemò lo scialle e tornò allo specchio. Jellie Markham, disse a se stessa, la canzone è quasi finita. Che cosa ci stai a fare qui, quando l'unico uomo al mondo di cui t'importi veramente qualcosa è dall'altra parte del pianeta?

Due giorni più tardi passeggiava lungo una strada sinuosa nei pressi di Thekkady. Dhiren sembrava ad anni luce da lei. In verità, di anni ne erano passati venticinque da quel giorno di sangue e paura in mezzo alla polvere che ora le ricopriva i piedi. La brezza pomeridiana le spettinò i capelli mentre, seduta su un tronco tagliato, ricordava in silenzio il suo guerrigliero-poeta, il modo in cui la toccava, la sua fuga disperata tra gli alberi. Quella sera si recò in visita presso la vecchia Sudhana. Mangiarono cibi semplici e parlarono di altri tempi.

Chitra Dhavale l'accompagnò fino all'aeroporto di Madras. «Mi mancherai, Jellie, ma sono contenta che tu abbia deciso di tornare. Hai preso la decisione giusta.»

«Che vita strana ho avuto, Chitra. Sono stata una pazza, un'irresponsabile.» Jellie aveva le lacrime agli occhi. Mancavano pochi minuti all'imbarco.

Chitra l'abbracciò affettuosamente. «Sì, hai avuto una vita molto strana e sei stata anche un'irresponsabile, in certi momenti. Ma non è proprio questo il bello? Non è per questo che hai avuto un'esistenza meravigliosa, a pensarci bene? Dipende da quali pesi e misure si usano, lo so. Ma tu almeno hai provato che cosa voglia dire lanciarsi ad ali spiegate nei venti meridionali. Molti di noi non lo proveranno mai. E chiunque abbia avuto in vita sua almeno un grande amore può ritenersi fortunato. Tu ne hai avuti addirittura due, uno quando eri ragazza e uno dopo, quando sei diventata donna.»

Jellie sorrise. «Il primo era un guerrigliero-poeta e

il secondo un motociclista. Che Dio abbia misericordia di me! » Risero insieme, mentre Jellie si asciugava le lacrime, e quaranta minuti più tardi il suo aereo decollò. Chitra Dhavale guardò la luce del mattino riflettersi sulle ali del 747 in rotta per il South Dakota.

Jellie non aveva annunciato a Michael il proprio ritorno e, una volta arrivata a Rapid City, prese un taxi che la portasse oltre le Black Hills. Sul portico della casa nel canyon c'era una moto smontata, la Shadow II. Michael l'aveva comprata sei mesi prima a un raduno di entusiasti della moto e la stava ricostruendo. Non avrebbe mai preso il posto della vecchia Shadow andata distrutta nell'incidente, e lui lo sapeva bene. La prima era stata un simbolo della sua gioventù e con essa era perita anche la parte fanciullesca di lui. Sarebbe sempre stato in lutto, per l'una e per l'altra.

La casa di tronchi era vuota, ma nell'aria c'era odore di tabacco da pipa. Nella stanza degli ospiti Jellie trovò la valigia del padre. Michael le aveva detto che Leonard Markham aveva intenzione di passare a trovarlo per pescare nel canyon. Sul tavolo di cucina, infatti, c'erano bobine di lenza, esche, una bottiglia di Jack Daniel's e un vecchio berretto di Michael con la scritta I VERI UOMINI NON SI LASCIANO METTERE IN CATENE sopra la tesa. Glielo aveva regalato lei per il suo primo compleanno dopo l'incidente. « Non è una resa, sappilo. Ho solo pensato che ti sarebbe piaciuto », aveva precisato, nel porgergli il pacchetto.

Si guardò attorno. Era strano ritrovarsi in quella casa, ma piacevole. Pentolina, sempre più vecchia ma in perfetta salute, era sdraiata sulla scrivania di Michael. Jellie andò ad accarezzarla. Il gatto si stiracchiò e sbadigliò. Fuori, Malachi stava abbaiando contro qualcosa.

Sulla scrivania c'era anche il primo romanzo di Michael, *In viaggio con Pitagora*. Lo aveva scritto dal punto di vista della madre di Pitagora che, secondo la leggenda, aveva accompagnato il suo mistico figliolo nei suoi viaggi in Egitto e a Babilonia. Era andato bene per essere un'opera prima: trentamila copie. Jellie lo prese e lesse la dedica sotto il titolo: « A Leonard Markham, che mi ha dato una donna da amare ». Vicino c'era il secondo libro di Michael, un saggio su certe tesi filosofiche applicate in matematica, *L'algebra delle illusioni*.

Sotto i due volumi c'era un manoscritto. Jellie lesse il titolo sul primo foglio, *La tigre del mattino*, poi lo coprì con i due libri già stampati. Sapeva che Michael era convinto in cuor suo, anche se non glielo aveva mai detto, di non poter prendere il posto di Dhiren, e la cosa doveva bruciargli molto. Forse il nuovo romanzo era un modo per scavalcare l'ostacolo. Prima o poi, appena si fosse sentito pronto, Jellie era certa che gliene avrebbe parlato.

Aprì la zanzariera della cucina e guardò fuori, attraverso gli alberi, verso il ruscello a una cinquantina di metri. Suo padre, chino sulla riva, stava armeggiando con la canna da pesca. Michael, con gli occhiali da sole e le maniche della camicia di jeans arrotolate fin sopra i gomiti, procedeva faticosamente nell'acqua alta fino a metà coscia, con un sigaro stretto tra i denti, trascinando la gamba che si era rotto nell'incidente. Aveva cinquantatré anni, ormai, e quella gamba gli avrebbe dato guai per il resto dei suoi giorni. Jellie, nel vederlo inciampare e sbilanciarsi pericolosamente in avanti, trattenne per un attimo il fiato, ma lui si salvò aggrappandosi a una roccia che affiorava dall'acqua tumultuosa del torrente.

Michael si raddrizzò e cominciò a recuperare la lenza. Jellie Markham si appoggiò allo stipite della porta e rammentò quello che Chitra le aveva detto sulle ali spiegate e i venti meridionali, sui guerriglieri-poeti e i motociclisti. Sorrise, scosse la testa e cominciò a ridere piano da sola. « Che Dio abbia misericordia di me. » Tolse gli abiti con i quali aveva viaggiato dall'India e, dopo aver indossato un vecchio maglione, i jeans e un paio di scarpe pesanti, scese verso il torrente. Malachi la vide per primo e le corse incontro, saltando e abbaiando. Leonard Markham sentì il cane e alzò gli occhi. Quando la vide, alzò una mano per salutarla. Dietro di lui, la lenza di Michael Tillman stillava gocce simili a diamanti nell'ultimo sole di un'azzurra serata in montagna.

Ringraziamenti

Grazie ai soliti sconosciuti — Georgia Ann, Rachael, Carol, Shirley, Gary e Kathe, Susan, J.R., Linda, Mike, Bill e Pam — che sono sempre così gentili da prestarsi a leggere vari stralci di quanto scrivo per offrirmi i loro commenti. E grazie anche a Maureen Egen e al resto dei ragazzi della Warner Books per la pazienza che hanno dimostrato verso quest'uomo errabondo. Vale la solita affermazione: il mio lavoro è migliore per merito di queste persone, i difetti sono soltanto colpa mia. E, naturalmente, grazie alla Aaron Priest Literary Agency e a tutti i lettori che rendono possibile questa bizzarra e reclusa vita di parole e immaginazione.

I nostri suggerimenti

SIDNEY SHELDON, ***Dietro lo specchio***

Che cosa si nasconde dietro una serie agghiacciante di delitti a sfondo sessuale in cui viene coinvolta la bella Ashley Patterson, nota peraltro per l'irreprensibile condotta di vita?

DANIELLE STEEL, ***Il ranch***

Finiti gli studi, tre amiche si perdono di vista per ritrovarsi anni dopo a trascorrere una vacanza in un lussuoso ranch del Wyoming. È l'occasione per svelare antichi segreti...

GIAMPAOLO PANSA, ***Ti condurrò fuori dalla notte***

Bruno Viotti, giornalista scomparso improvvisamente nel 1997, è cercato dall'affascinante Angela Mercier che ha con lui un conto aperto. Sullo sfondo si profila il fantasma del terrorismo.

JUDITH MICHAEL, ***Un gesto d'amore***

La toccante storia di un amore tormentato e dolcissimo tra Jessica, un'ex attrice segnata da un dolore profondo, e Luke, un regista teatrale deciso ad aiutarla.

LAVYRLE SPENCER, ***Le promesse del cielo***

Dopo la morte di Greg, la madre cerca conforto nel migliore amico del ragazzo. Ma il loro legame diventa sempre più profondo, fino a trasformarsi in un'esperienza sconvolgente.

BELVA PLAIN, ***La giostra d'argento***

Un prezioso oggetto sembra nascondere terribili segreti di famiglia. In un mondo immerso nel lusso e nell'agio, si consumano amori, adulteri, gelosie e accesi conflitti d'interesse...

SARK, ***Dolcissime donne selvagge***

In un racconto avvincente e fuori del comune, la storia vera di una donna che ha conquistato la felicità con uno stile di vita sorprendente... e davvero speciale.

ROBERT JAMES WALLER, ***I ponti di Madison County***

Robert e Francesca vivono una lacerante storia d'amore: nei pochi giorni trascorsi insieme si gioca il significato di tutta la loro vita... Lirico e struggente, un grande caso editoriale.

BARBARA TAYLOR BRADFORD, ***Un sogno tutto nuovo***

Meredith Stratton si affida a uno psichiatra per individuare la causa di strani disturbi. Con l'aiuto della terapia, riaffiorano alla memoria esperienze drammatiche della sua infanzia.

DONATELLO BELLOMO, ***La settima onda***

La storia di Willliam Phips, vissuto nel 1600: un'esistenza all'insegna del rischio e dell'avventura, sull'onda dell'amore di due donne tra le quali dovrà dividere il suo cuore...

Gentile lettore,

la ringraziamo per aver scelto uno dei romanzi della ricca collana Superbestseller.

Per poter soddisfare sempre meglio le sue esigenze e i suoi gusti, le chiediamo di voler gentilmente compilare il seguente questionario. Se ci fornirà anche il suo indirizzo, le invieremo tempestivamente le informazioni relative alle nuove pubblicazioni del gruppo Sperling & Kupfer e alle iniziative speciali rivolte ai nostri lettori.

Ho trovato questo questionario nel volume dal titolo

....

Ho acquistato questo volume

☐ in libreria ☐ in edicola ☐ al supermercato

Abitualmente acquisto libri

☐ in libreria ☐ in edicola ☐ al supermercato

Numero libri acquistati in un anno: ....

Di solito acquisto un libro perché:
(si possono barrare più caselle)

☐ seguo i consigli di amici/conoscenti/del mio libraio di fiducia
☐ leggo le recensioni
☐ vedo la pubblicità
☐ scelgo i titoli del mio autore preferito
☐ mi piace la copertina
☐ il libro ha vinto un premio letterario
☐ il libro è nelle classifiche dei libri più venduti
☐ ha un prezzo conveniente

Il mio autore preferito è: ....

Il mio libro preferito è: ....

Il mio genere preferito è:
□ saggistica □ narrativa
• romanzi d'amore
• thriller

INFORMAZIONI ANAGRAFICHE

Età: .... Sesso: □M □F

Professione: ....

FACOLTATIVO

Nome ....
Cognome ....
Via .... n. ....
Città .... Provincia .... CAP ....
E-mail ....

La preghiamo di tagliare lungo la linea tratteggiata e di inviare in busta chiusa e affrancata a:

Sperling & Kupfer Editori S.p.A.
Ufficio Promozione
Via Durazzo, 4
20134 Milano

Il mittente prende atto che i suoi dati saranno trattati per l'eventuale invio di materiale d'informazione libraria, con la possibilità della cessione a terzi dei dati stessi. Resta salvo il suo diritto di conoscenza, cancellazione, rettifica, aggiornamento, integrazione e opposizione al trattamento dei dati, secondo quanto previsto dall'art. 13 della legge 675/96.

Finito di stampare nell'ottobre 2001
presso la Mondadori Printing S.p.A.
Stabilimento N.S.M. di Cles (TN)
Printed in Italy